I0690125

LA MARCHEUSE DU TEMPS

UNE AVENTURE DE SCIENCE-FICTION FANTASTIQUE POUR JEUNES ADULTES

LA SÉRIE EVERS
TOME TROIS

MARIE-HELENE LEBEAULT

MENTIONS LÉGALES

BEACHES AND TRAILS PUBLISHING
BOOKS THAT MAKE YOU FEEL GOOD

Ce livre est dédié à mes parents, Jocelyne et Pierre, et à ma parenté américaine, les Crimboli, pour avoir acheté et lu une série de romans jeunesse fantastique. Merci pour votre soutien !

REMERCIEMENTS

À ma bonne amie Denise Drolet, je déclare ma gratitude éternelle. Merci d'avoir lu mes brouillons, d'avoir fourni des commentaires perspicaces, d'être la meilleure des cheerleaders, d'avoir acheté les livres et d'en avoir parlé à tout le monde !

CHAPITRE I
FRÈRE ET SŒUR

— C'est vraiment arrivé ? demanda Lola, sous le choc, le doigt blessé dans la bouche. Devlin tenait toujours le morceau de parchemin, le fixant d'un air absent.

— Oui, nous sommes frère et sœur... acquiesça-t-il d'un air hébété.

L'infirmière rassembla ses affaires, fit une rapide mini-révérence au directeur et prit congé.

— Eh bien, c'est réglé. N'est-ce pas une bonne nouvelle ? demanda le directeur.

Lola et Devlin affichaient des expressions identiques de stupéfaction.

Souriant de l'un à l'autre, le directeur pâlit visiblement lorsqu'une pensée lui vint à l'esprit. — Vous ne sortez pas ensemble, n'est-ce pas ? demanda-t-il, horrifié, en se précipitant vers eux.

Ils s'écrièrent tous les deux : — Non ! puis éclatèrent de rire. Soudain, le charme était rompu.

— Quel soulagement. Cela aurait été une tournure des événements malheureuse, dit le directeur en passant une main dans ses cheveux argentés soyeux. Il posa une main sur l'épaule de Lola et demanda : — Ça va ?

Elle jeta un coup d'œil à Devlin, puis leva les yeux vers le visage

1

serein du directeur. — Oui. Je suis juste surprise. Bien que je ne devrais pas vraiment l'être après tout ce qui s'est passé ces derniers mois, admit Lola en levant les mains. Elle regarda à nouveau Devlin, sourit et ajouta : — Mais je suis très heureuse d'avoir un frère !

Devlin croisa son regard et un large sourire se dessina sur son visage. — Et j'ai une sœur. Et une famille ! Je ne serai plus seul, dit Devlin en se levant rapidement.

Lola se leva et lui fit face. — J'ai hâte que tu rencontres Phyllis ! dit Lola, maintenant excitée. Devlin saisit Lola et l'enveloppa dans une étreinte d'ours. Lola répondit en enroulant ses propres bras autour de sa taille. Ils s'étreignirent fermement pendant une minute environ puis se séparèrent, se tenant toujours les mains.

— Monsieur le directeur, pensez-vous que vous pourriez écrire à ma tante et lui annoncer la nouvelle avant qu'elle n'arrive demain ? demanda Lola. Ce serait peut-être plus facile. Ma tante a aussi tendance à s'évanouir... ajouta-t-elle en laissant sa phrase en suspens.

— Oui, bien sûr, bien sûr, murmura-t-il, hochant distraitement la tête en se dirigeant vers son bureau. Sa silhouette svelte s'installa dans le fauteuil, puis il saisit une plume et un parchemin et commença immédiatement à écrire. Puis, réalisant que Lola et Devlin étaient toujours debout, il leva les yeux et dit : — Je pense que c'est assez d'émotions pour aujourd'hui. J'écrirai à votre tante sans tarder. Ai-je raison de supposer que vous aimeriez pique-niquer ensemble ?

Lola et Devlin acquiescèrent tous les deux. — J'avais déjà invité Devlin à se joindre à nous puisqu'il n'avait personne pour lui rendre visite, expliqua Lola. Maintenant, ce sera une surprise encore plus grande ! ajouta-t-elle, rayonnante. Elle baissa les yeux sur leurs mains jointes. Devlin baissa également les yeux et, comme s'ils réalisaient que c'était un peu trop, ils se lâchèrent.

— En effet, répondit le directeur d'un air pensif. Pourquoi n'allez-vous pas profiter du reste de l'après-midi avec vos amis ? Si j'ai d'autres nouvelles ou informations à vous communiquer, je vous le ferai savoir à l'heure du dîner. Il les congédia d'un geste et commença à écrire à Phyllis.

2

— Oui, Monsieur le directeur, dit Devlin en se dirigeant vers la porte.

— Merci beaucoup, monsieur, dit Lola, suivant Devlin hors de la pièce et dans les escaliers.

Ils ne dirent rien en atteignant le palier et se dirigèrent vers la porte du Grand Hall. Tous les élèves étaient censés être dehors. Devlin regarda sa montre et fronça les sourcils.

— Qu'y a-t-il ? demanda Lola, s'arrêtant une fois qu'ils furent dehors.

— Il est déjà 16 heures. Nous avons probablement manqué les activités de groupe. Que veux-tu faire ? demanda Devlin.

Lola protégea ses yeux du soleil et son regard balaya les pelouses. Elle pouvait voir des groupes d'étudiants ici et là, en train de parler, de lancer un ballon de football américain ou de s'exercer à des sorts. Au loin, elle pouvait voir les filles bronzer sur les chaises longues.

Quand elle regarda à nouveau Devlin, elle vit qu'il observait les garçons. Ils se passaient un ballon de football en cercle. Elle pouvait dire que Devlin brûlait d'envie de les rejoindre.

— Tu veux aller jouer au foot avec les gars ? demanda Lola.

— J'aimerais bien. Mais je n'ai vraiment pas envie de devoir répondre à des questions sur où j'étais tout ce temps, dit-il.

— Je comprends ! Je meurs d'envie de faire une sieste, mais il n'y a aucun moyen que je puisse simplement m'affaler sur une chaise sans me faire remarquer, répondit Lola.

Ils regardèrent tous les deux vers la plateforme de méditation, hochèrent la tête et commencèrent à marcher.

DEUX HEURES PLUS TÔT, ils s'amusaient au barbecue avec leurs amis. C'était samedi à l'Académie, une semaine après le début de leur tout premier programme d'été de deux semaines.

L'Académie était une université pour étudiants Voyageurs : des étudiants qui, grâce à une clé magique, pouvaient ouvrir des portes vers n'importe quel endroit du monde. Certains Voyageurs, comme Lola, étaient aussi des Marcheurs du Temps : des Voyageurs qui pouvaient ouvrir une porte vers n'importe quel endroit, *et n'importe quelle époque.* Quelques rares, comme Devlin, étaient des Sauteurs de Mondes : des Voyageurs qui pouvaient voyager vers et depuis d'autres mondes et dimensions.

En été, l'Académie ouvrait ses portes aux étudiants de treize à dix-huit ans pour qu'ils apprennent à utiliser leurs clés de manière sûre et appropriée. Le programme comprenait l'Histoire, le Latin, la Magie, le Voyage, les Arts Martiaux, la Méditation et les Communautés Magiques. Ces cours étaient également des prérequis pour intégrer l'Université. Tout Voyageur ayant suivi le Programme d'Été et terminé ses études secondaires pouvait s'inscrire à l'Université. Cependant, la présence était obligatoire pour les potentiels Gardiens - des Voyageurs qui étaient les derniers de leur lignée familiale. Les devoirs des Gardiens restaient encore flous.

Lola, seize ans, et Devlin, dix-huit ans, avaient tous deux été convoqués à l'Académie quelques jours avant l'Orientation, suite au décès de leurs parents restants. La mère de Lola était décédée d'un cancer alors qu'elles vivaient à Baltimore. Elle avait été envoyée vivre dans un manoir dans le sud profond avec sa tante Phyllis Evers. Phyllis était la sœur de son père, que Lola avait vue pour la dernière fois quand elle avait deux ans et dont elle ne se souvenait évidemment pas. La mère de Devlin était morte dans un accident de voiture et il n'avait aucun parent vivant.

Leurs parents n'avaient pas fréquenté l'Académie, et aucun d'entre eux ne savait quoi que ce soit sur les Clés ou le Voyage avant la mort de leurs parents. Mais ils étaient maintenant tous à jour après avoir passé une semaine à s'imprégner de cinq étés de cours pour être prêts pour le semestre d'automne.

C'était leur premier jour de congé. Ils étaient censés se détendre et s'amuser. Au lieu de cela, ils venaient de passer les deux dernières heures avec le directeur qui, trouvant les circonstances de leur arrivée, la mort de leurs mères et leurs rares capacités un peu trop coïncidentes, avait commencé à enquêter. Le résultat de cette enquête avait

4

révélé qu'ils avaient tous deux été engendrés par Simon Bartholomew Evers. Lola avait grandi sans son père car, comme sa mère, il était mort d'un cancer quand elle avait deux ans. Cependant, après son arrivée au Manoir, Simon avait voyagé dans le temps pour passer du temps avec sa fille, mais avait disparu le jour de ses seize ans. De son côté, on avait dit à Devlin que son père était mort avant sa naissance et sa mère n'en avait jamais parlé.

EN APPROCHANT de la plateforme de méditation, ils virent qu'elle était déjà occupée. Comme ils avaient beaucoup à se dire, Devlin fit un signe de tête vers la serre et ils repartirent dans un silence complice. Ils se dirigèrent vers le banc préféré de Lola et s'assirent. La dernière fois qu'ils étaient venus ici, c'était lorsqu'ils avaient volé avec le professeur Elderberry. Par impulsion, Lola se retourna pour voir si elle pouvait apercevoir la fée dans la serre ou voletant dans les jardins, mais elle ne la vit pas.

— Parle-moi de Simon et Phyllis, murmura Devlin.

Lola se tourna vers lui sur le banc et sourit.

— Phyllis est comme une marraine fée ! Mais elle n'est pas une fée, évidemment, répondit Lola, et ils rirent tous les deux en se détendant.

Lola lui raconta son voyage en bus jusqu'à Williamsburg, le trajet en voiture avec Jackson, et l'accueil qu'elle avait reçu en arrivant au Manoir. Elle décrivit la maison et le domaine. Il y avait de nombreux détails sur la nourriture, que Devlin buvait comme un homme affamé. Elle lui parla de leur père, de ses tableaux et de son lien avec Phyllis. Elle évoqua sa propre relation avec Phyllis et exprima son regret qu'il ait manqué non seulement la rencontre avec leur père, mais aussi l'énorme fête d'anniversaire.

— Il faudra en organiser une autre, pour te présenter à la société aussi ! s'exclama-t-elle.

— Je suis sûr que ce n'est pas nécessaire. Avoir simplement un foyer et une famille est plus que suffisant pour moi, répondit-il d'un air nostalgique.

— Eh bien, au moins tu sais déjà danser. Tu seras sur toutes les listes d'invités en un rien de temps, plaisanta Lola, et ils rirent à nouveau.

Redevenant sérieuse, Lola expliqua qu'on lui avait dit qu'il y avait habituellement deux enfants, un garçon et une fille, dans chaque génération des Evers.

— Maintenant ça a du sens ! dit-elle. Je suppose que ça fait de toi le Gardien ainsi qu'un héritier, ajouta-t-elle.

— L'argent ne m'intéresse pas. Je peux trouver un travail et subvenir à mes besoins, répondit-il d'un ton raide.

— Maintenant je sais qu'on est parents. C'est exactement ce que j'ai dit ! s'écria Lola. Jusqu'à ce que je découvre qu'il y avait tellement à faire et, honnêtement, tellement d'argent que le gérer est le travail de quelqu'un, poursuivit-elle.

— Ce serait Jackson ? demanda Devlin.

— Oui. Lui et Phyllis le font ensemble jusqu'à ce qu'il obtienne son diplôme, mais il est vraiment doué pour ça, dit Lola.

— Et dans quoi d'autre est-il doué ? demanda Devlin en haussant les sourcils de manière suggestive.

Le visage de Lola devint rouge comme une tomate et elle fit semblant de le gifler. — Arrête !

Ils redevinrent sérieux après un moment. Devlin fixait le vide tandis que Lola étudiait son profil, essayant d'y percevoir une ressemblance avec Simon. Mais il ressemblait juste à Devlin pour elle.

— Tu crois qu'elle va m'aimer ? demanda-t-il, à peine plus fort qu'un murmure.

— Phyllis ? demanda-t-elle, et il acquiesça.

— Bien sûr qu'elle va t'aimer ! Elle sera ravie d'avoir un autre membre de la famille. Elle s'est sentie si seule depuis la mort de Simon. Je parie qu'elle est déjà en train de préparer une des chambres pour toi. Quand je suis arrivée, elle avait toute une garde-robe prête pour moi. Mais je pense que c'est un truc de fille. Si tu viens vivre avec nous, elle ne se sentira plus si coupable de passer du temps avec Boris, son petit ami. Ou de laisser Jackson et moi sans chaperon..., dit Lola.

— En effet, tu ne devrais PAS passer trop de temps seule avec un garçon. Mais certainement pas avec quelqu'un qui vit pratiquement avec toi. Au moins ici, à l'école, il n'y a pas d'intimité donc les couples ne peuvent pas trop faire de bêtises. À ce propos, que vas-tu faire à propos de Jackson et Tom ? demanda-t-il.

Lola exhala profondément et haussa les épaules.

— Je n'en ai aucune idée, avoua-t-elle.

CHAPITRE 2
LIÉS

Lorsque la cloche sonna, indiquant aux élèves qu'ils pouvaient retourner aux dortoirs pour se laver et se changer pour le dîner, Lola et Devlin se levèrent et se dirigèrent vers le Hall principal. Étant plus près, ils arrivèrent parmi les premiers élèves et ne virent aucun de leurs amis. Ils n'avaient pas décidé comment ni quand ils leur diraient qu'ils étaient des frère et sœur nouvellement découverts. Devlin n'avait pas de colocataire, donc il savait qu'il était tranquille jusqu'au dîner. Sara, cependant, interrogerait certainement Lola. Lola et Devlin avaient tous deux été convoqués par le Directeur à plus d'une occasion. Ce serait sûrement une explication suffisante pour le moment.

Au final, c'était un point discutable. Lola eut le temps de se doucher et de se changer avant l'arrivée de Sara. Elle sortait de la chambre au moment où sa colocataire arrivait et lui dit qu'elles se retrouveraient au dîner. Comme elle était un peu en avance, Lola se dirigea vers la Salle commune où elle entra en collision avec Tom. Ils se rattrapèrent maladroitement, puis rirent et décidèrent de faire un vrai câlin. En se reculant, Tom demanda :

— Où étais-tu tout l'après-midi ?

9

Lola se mordit la lèvre et poussa des cailloux imaginaires avec son pied.

— Euh... J'étais avec... le Directeur, répondit-elle avec hésitation.

Les yeux de Tom la transperçaient. Il leva un sourcil, attendant plus d'explications. Elle jeta un coup d'œil derrière elle, vérifiant s'ils étaient seuls. Puis elle se pencha autour de lui pour vérifier la Salle commune. Captant son regard, il suggéra :

— J'adore un bon mystère ! Allons à la Bibliothèque, dit-il en la tirant déjà par la main.

Ils se dirigèrent directement vers les fauteuils à oreilles près du fond de la Bibliothèque. Une fois qu'il l'eut installée dans le siège, il lui lança un regard intense et dit :

— Parle.

Comme elle ne disait rien au début, il ajouta entre ses dents :

— J'ai remarqué que Devlin était absent aussi et j'aimerais une explication avant de sauter aux conclusions.

Cela la poussa à réagir.

— J'y étais, mais ce n'est vraiment pas ce que tu penses ! dit-elle rapidement.

— Vous passez beaucoup de temps seuls ensemble. À étudier, à parler doucement, à vous retrouver tôt le matin et à revenir tard aux dortoirs, commenta-t-il.

— Waouh, tu nous espionnes ou quoi ? répliqua-t-elle sur la défensive.

— Espionner, non. Observer, oui. Tu dois admettre que ça ressemble à deux personnes qui pourraient s'apprécier, ce qui est bien, mais je ne veux pas me retrouver mêlé à un triangle amoureux, dit-il gravement.

Lola laissa échapper un petit rire nerveux et mit immédiatement une main sur sa bouche, horrifiée.

— Je suis désolée. Je suis nerveuse. Je comprends que tu puisses penser ça. Mais sérieusement, ce n'est pas du tout ça, dit-elle en retrouvant son calme.

— Eh bien, crache le morceau, tu ne vois pas que je suis en train de mourir ici ? dit-il en gesticulant exagérément.

— C'est mon frère, déclara-t-elle.

— Quoi ? répondit Tom, incrédule.

— On vient JUSTE de l'apprendre. C'est pour ça qu'on a passé tant de temps avec le Directeur. Quant au fait de passer autant de temps ensemble, on AVAIT beaucoup d'études à faire et on est nouveaux ici, et on est dans une classe de deux personnes toute la journée, tous les jours. Même dans des circonstances normales, ce serait suffisant pour que deux personnes créent des liens. Mais maintenant que je sais qu'il est mon frère, enfin, demi-frère en fait, ça explique qu'on ait eu un rapport instantané, expliqua-t-elle.

— Incroyable ! Et vous venez juste de l'apprendre. Vous l'avez dit à quelqu'un ? demanda-t-il.

— Tu es le premier, dit-elle avec une expression pâle.

— Je suis honoré. Et maintenant je me sens comme un idiot, t'agressant avec mes questions pointues alors que tu es probablement encore sous le choc. Viens là, courageuse fille, dit-il en se levant et en ouvrant ses bras.

Comme dans une transe, Lola se leva et cala son visage dans le creux de son cou et respira. Ses bras l'entourèrent pour une étreinte serrée mais brève. Ce n'était pas le moment pour la séduction. C'était un moment pour le soutien. Il embrassa le haut de ses cheveux et la relâcha.

— Ça va mieux ? demanda-t-il.

— Beaucoup mieux, fut sa réponse.

Lola allait s'asseoir à nouveau quand les lumières clignotèrent.

— Le dîner ! dirent-ils tous les deux avant de se précipiter hors de la Bibliothèque et dans la Salle à manger à quelques secondes près. Le Directeur s'apprêtait à s'adresser à l'assemblée.

— Bonsoir, les enfants. J'espère que vous avez apprécié les activités de cet après-midi, commença-t-il, et une acclamation s'éleva de la salle. Il leva une main et tout le monde se tut à nouveau.

— Ce soir, un cinéma en plein air sera installé sur la Pelouse Ouest. Des collations seront fournies et vous pourrez porter vos propres vêtements pour l'événement, dit-il et fit une pause pendant que les acclamations reprenaient.

— Le film, *Les Aventures extraordinaires d'Adèle Blanc-Sec*, commencera à vingt heures précises. Le couvre-feu n'a pas été prolongé, donc vous devez être de retour dans vos chambres immédiatement après la fin du film. Par conséquent, le dîner se terminera à dix-neuf heures trente ce soir.

— Enfin, un rappel. Demain, le petit-déjeuner buffet sera disponible de six heures trente à neuf heures trente pour ceux d'entre vous qui voudraient faire la grasse matinée. Le déjeuner sera composé de paniers pique-nique à partager avec vos visiteurs. Les heures de visite sont de treize heures à seize heures. Vous et votre famille pourrez récupérer vos paniers au Kiosque sur la Pelouse Ouest. Le dîner sera servi à l'heure habituelle. Profitez-en bien ! conclut le Directeur en retournant à sa place tandis que l'assemblée applaudissait.

Pendant qu'on apportait les plats, les élèves discutaient pour savoir si quelqu'un avait vu le film ou non. Seule Clara l'avait vu et déclara que c'était un excellent choix, bien qu'elle s'inquiétât pour certains des plus jeunes élèves.

— Pourquoi ? C'est effrayant ? Dégoûtant ? demanda Lola, un peu inquiète elle-même.

— Disons simplement qu'il y a quelques scènes qui ne sont pas pour les âmes sensibles. Mais ne vous inquiétez pas, c'est toujours considéré comme un film familial, expliqua Clara.

Bien que l'approbation de Clara n'ait rien fait pour calmer les nerfs de Lola, cela a certainement suscité l'intérêt du reste du groupe.

— Qui a un rendez-vous ? Moi j'en ai un ! dit Lenora avec un clin d'œil. Automatiquement, Colin et James levèrent la main et tout le monde éclata de rire. Clara dit qu'elle y allait avec Gunther, un garçon au bout de leur table. Elle lui envoya un baiser quand il se retourna en entendant son nom.

— Euh, Tom m'a demandé de m'asseoir avec lui, dit Lola, timidement.

Cela provoqua une série de cris de chat et de sifflements de loup autour de la table. Pour détourner l'attention de ses joues rouges, Lola donna un coup de coude à Devlin et fit un signe de tête vers Sara. Il eut l'air paniqué, alors elle se pencha en avant pour demander à Colin de se resservir. De cette façon, Devlin put se pencher derrière elle et demander à Sara si elle voulait s'asseoir avec lui.

— Sara ? demanda Devlin.

— Quoi ? répondit-elle.

— Tu voudrais t'asseoir avec moi pour le film ? demanda-t-il avec un sourire timide.

— J'adorerais ! répondit-elle, rayonnante.

Devlin tapota le dos de Lola pour lui indiquer qu'elle pouvait se pencher à nouveau et chuchota :

— Merci, elle a dit oui !

Lola sourit à Devlin et Sara tour à tour et se plongea dans sa deuxième assiette de spaghettis aux boulettes de viande, très satisfaite d'elle-même.

— Je vais au cinéma avec Sara, s'exclama Devlin en bombant fièrement le torse.

— Bien joué, dit James avec un clin d'œil. Colin les regardait tous d'un air suspicieux.

— Si Lola y va avec Tom et Sara avec Devlin, pourriez-vous nous expliquer où vous étiez tous les deux tout l'après-midi ? demanda Colin en les pointant avec sa fourchette.

Tout le monde arrêta de parler car il devint évident qu'ils avaient dû être ensemble.

Lola et Devlin se regardèrent et haussèrent les épaules.

— C'est une longue histoire, mais Lola est ma sœur, lâcha Devlin devant une assemblée de visages choqués et incrédules. Lola soupira et entreprit de leur raconter la plupart de ce qui s'était passé depuis la mort de sa mère. Devlin ajouta ses propres informations.

— C'est incroyable ! s'exclama Clara, revenant à son français natal. Vous ne vous ressemblez pas du tout, ajouta-t-elle en fronçant les sourcils.

Le groupe avait une tonne de questions et Lola et Devlin comblèrent autant de vides que possible tout en dégustant leur tiramisu. Bientôt, les lumières clignotèrent et il fut temps de se changer et de se diriger vers le cinéma en plein air.

DANS LEUR CHAMBRE, Sara et Lola se changeaient rapidement et il n'y avait pas beaucoup de temps pour parler car elles mettaient un effort supplémentaire dans leur apparence. Lola brossa même ses cheveux et mit un peu de gloss. Sara était impressionnée. Elle portait un maquillage complet, des boucles d'oreilles pendantes, et ses cheveux châtains étaient relevés en un chignon sexy avec des mèches lâches encadrant son visage. Elle ressemblait à un mannequin. Lola siffla et Sara sourit timidement.

— C'est trop ? demanda-t-elle.

— Tu demandes à la mauvaise fille ! dit Lola. Mais je suis sûre que Devlin t'aimerait même si tu portais un costume de clown ! ajouta-t-elle. Et moi ?

— Si tu visais le look sain, tu as réussi ! plaisanta Sara, puis en entourant son amie de ses bras alors qu'elles se faisaient face dans le miroir, elle ajouta : Absolument parfaite !

Devlin et Tom les attendaient sur le palier au bas des escaliers. Maintenant qu'il était clair qu'ils ne convoitaient pas la même fille, ils semblaient détendus et complices. Quand les filles les rejoignirent, ils offrirent chacun un bras et les conduisirent dehors.

En approchant de la pelouse ouest, ils virent l'écran géant, entouré de guirlandes lumineuses.

À droite, il y avait un chariot à popcorn à l'ancienne, et un serveur distribuait des cartons de popcorn beurré. À gauche se trouvaient un stand de bonbons et une fontaine à soda en libre-service. Les places étaient divisées en trois sections. À l'avant, il y avait des couvertures installées avec des coussins. Une deuxième rangée avait des chaises longues et la troisième rangée des bancs.

Les garçons les menèrent vers des couvertures qu'ils avaient déjà réservées et demandèrent si cela leur convenait. Lola aurait préféré les chaises longues, car elles étaient plus confortables. Mais les couvertures étaient plus romantiques. Elle sourit et acquiesça. Sara hocha la tête aussi. Il semblait que tous les élèves plus âgés avaient eu la même idée car bientôt ils virent Colin et James en prendre une. Puis Clara et Gunther s'installèrent quelques couvertures plus loin, et enfin Lenora et son cavalier. Lola demanda à Tom qui était ce garçon, et il répondit :

— C'est Keith. C'est un ami.

Il fronça les sourcils.

— Qu'est-ce qui ne va pas ? demanda Lola.

— Elle ne sort pas habituellement avec des garçons plus jeunes, et Keith n'a pas beaucoup d'expérience en matière de rendez-vous. J'espère qu'elle ne va pas le mâcher et le recracher, répondit-il.

— Peut-être qu'ils sont juste amis ? suggéra Lola.

Tom haussa les épaules et se retourna vers Lola. Un lent sourire se dessina sur son visage.

— Tu es ravissante, comme toujours, dit-il en lui donnant un rapide baiser sur la joue.

Lola rayonna et répondit :

— Merci. Tu es très élégant toi aussi !

Il lui prit la main, et ils s'installèrent sur la couverture pour regarder le film.

CHAPITRE 3
DIMANCHE

Une fois sa routine matinale terminée, Lola descendit prendre son petit-déjeuner et fut agréablement surprise de voir Tom à leur table, qui l'attendait avec Devlin. Les deux garçons se levèrent à son arrivée. Elle rougit et s'assit entre eux. Tom lui versa une tasse de café et Devlin lui servit un verre de jus de pomme.

— Qu'est-ce qui se passe ? Pourquoi êtes-vous tous les deux si gentils avec moi ? demanda-t-elle avec méfiance, regardant l'un puis l'autre.

Devlin s'éclaircit la gorge. — N'est-ce pas le rôle d'un frère de prendre soin de sa petite sœur ? demanda-t-il innocemment. Lola plissa les yeux, pinça les lèvres et dit : — Bien sûr, merci. Se tournant vers Tom, elle croisa les bras et demanda : — Et toi, quelle est ton excuse ?

Tom regarda Lola avec sincérité et sourit. Il lui remit une mèche de cheveux derrière l'oreille et répondit : — Tu mérites qu'on fasse de gentilles choses pour toi.

Lola ouvrit la bouche pour parler et la referma. Deux fois. Puis, réalisant qu'elle n'obtiendrait pas de réponse franche de l'un ou de l'autre, elle sourit, se cala dans sa chaise et annonça : — J'aimerais une gaufre belge saupoudrée de sucre à la cannelle, avec une cuillerée de crème fouettée au milieu, et parsemée de fruits rouges.

Il leur fallut une seconde ou deux pour réagir, mais Tom se leva d'un bond et partit chercher sa nourriture au buffet. Devlin claquait des doigts ; il n'avait pas été assez rapide. Le sourire de Lola s'élargit. — J'aimerais aussi trois ou quatre tranches de bacon, une noisette de beurre, de la confiture de framboise, un croissant et une tranche de fromage Havarti, ajouta-t-elle, en regardant Devlin d'un air entendu. Sa chaise grinça lorsqu'il partit.

Lola savourait son café en fredonnant quand Colin et James s'assirent en face d'elle.

— Pourquoi as-tu l'air du chat qui a mangé le canari ? demanda James avec un sourire.

— Parce que, pour une raison qu'ils ne m'ont pas encore révélée, Tom et Devlin agissent comme mes esclaves personnels, répondit-elle en rejetant ses cheveux en arrière, ce qu'elle ne réussit visiblement pas car Colin dit : — Tu dois le faire plus vite et prendre un air hautain pour obtenir le plein effet, comme ça. Colin mima le geste pour elle et elle éclata de rire, du café lui sortant par le nez. Horrifiée, elle saisit sa serviette et se couvrit le visage en essuyant le café, puis la table. Colin et James étaient pliés de rire, et James faillit recracher son jus d'orange. C'est à ce moment-là que Devlin et Tom revinrent avec sa nourriture.

— Je t'ai apporté un peu de sirop d'érable pour la gaufre, dit Tom en posant l'assiette devant elle et en haussant un sourcil à la vue de la tache de café sur la nappe. Elle lui lança un regard noir qui signifiait *ne demande pas*, et il s'assit avec sa propre assiette.

Pendant ce temps, Devlin déposa son offrande à côté de son autre assiette et s'assit pour manger son propre petit-déjeuner. Colin et James allèrent remplir leurs assiettes et à leur retour, Colin demanda nonchalamment à quelle heure ils se retrouvaient pour jouer à W&W.

Devlin et Tom levèrent la tête, affichant des expressions identiques de culpabilité.

— Ah, c'est pour ça que vous étiez si gentils avec moi. Vous me laissez tous les deux pour aller jouer avec les gars, dit-elle en riant. — Ça ne me dérange vraiment pas ! Je vais peut-être retourner dormir et j'avais envie de passer du temps entre filles avec Sara, dit-elle. Puis, se tournant vers Devlin, elle ajouta : — Je te retrouverai un peu avant 13 heures dans le hall principal, d'accord ? Devlin hocha la tête et sourit avec gratitude.

Lola se tourna vers Tom. — J'adore passer du temps avec toi, mais on n'a pas besoin de passer tout notre temps ensemble. Je ne suis pas une fille collante et exigeante. On pourra trouver un moment après le pique-nique pour aller se promener ou quelque chose comme ça, suggéra-t-elle.

— Ça me semble parfait, Lola. Merci, répondit Tom.

Lola reprit son repas et quand elle eut fini, elle désigna sa vaisselle et dit : — Vous vous occuperez de ça pour moi, n'est-ce pas ? Sans attendre de réponse, elle se leva, embrassa Tom sur la joue et partit.

DE RETOUR DANS LA CHAMBRE, Lola fit une bonne sieste et se réveilla en même temps que Sara. Après avoir pris une tasse de café dans le salon des filles et attrapé une barre de céréales dans sa réserve de nourriture interdite, Sara était prête pour une séance de bavardage. Il y avait tellement de choses à dire !

— Comment s'est passé ton rendez-vous avec Devlin ? demanda Lola, assise en tailleur sur le lit de Sara.

Sara finit de mâcher et répondit : — Ce n'est pas vraiment ce que j'appellerais un rendez-vous. On s'est assis ensemble sur une couverture et on a regardé un film tout public.

— Que ferais-tu pour un rendez-vous chez toi ? demanda Lola.

— Eh bien, si on allait voir un film, on ne serait pas chaperonnés par toute l'école, pour commencer, répondit-elle et elles rirent toutes les deux. — Mais sérieusement, on irait probablement boire un thé ou manger un morceau, un endroit où on pourrait parler et apprendre à se connaître, dit-elle.

— Tom et moi sommes allés nous promener hier matin. Ça semble être il y a une éternité vu tout ce qui s'est passé depuis, dit Lola, se souvenant comment leurs mains s'étaient entrelacées. — Comment je sais si on est en couple ? demanda-t-elle soudainement.

Sara fit un *O* avec sa bouche et se redressa. C'était une discussion sérieuse.

— Tu es vraiment novice, n'est-ce pas ? demanda-t-elle.

— Oui ! Tout ce que je sais, c'est ce que j'ai vu à la télé ou dans les films, mais je doute que ce soit précis ou adapté à ma situation ! gémit Lola, mettant son visage dans ses mains.

— Ne t'inquiète pas, ma chérie. Je suis là pour t'aider, répondit Sara en tapant dans ses mains et en les frottant. — D'abord, tu sauras qu'il est ton petit ami quand vous serez tous les deux d'accord pour sortir exclusivement ensemble. As-tu eu cette conversation avec Tom ? Et avec Jackson ? demanda-t-elle à Lola.

Lola leva les yeux et secoua la tête. — Jackson a insisté sur le fait que je devrais être libre de sortir, ou plutôt d'accepter des invitations à des bals et des fêtes, pour avoir plus de choix. C'est aussi ce que ma tante Phyllis a suggéré quand j'ai dit que Jackson me plaisait bien. Bien sûr, c'était quand je pensais devoir me marier pour assurer la continuité de la lignée des Evers. Maintenant, non seulement cela semble être une pratique dépassée destinée à garder l'ancien argent dans les bons cercles, mais je ne suis plus l'héritière ! Je suis la remplaçante ! dit Lola avec enthousiasme.

— Tu veux dire parce que Devlin est plus âgé ? demanda Sara.

— Exactement ! dit Lola.

— Cela ne signifie-t-il pas que tu perds la maison et l'argent ? Et ne devrait-il pas être légitime pour hériter de quoi que ce soit ? Je ne suis pas avocate, mais je suis presque sûre que les gens doivent être nommés dans un testament pour hériter et que les enfants ne peuvent pas être illégitimes, répondit Sara.

— L'héritier est censé devenir Gardien et doit vivre dans la maison. Il est également supposé se marier et avoir deux enfants, un garçon et une fille. En tant qu'Evers, je peux vivre dans la maison pour toujours si je le souhaite. Et j'obtiendrais le même héritage quoi qu'il arrive. La différence, c'est que je suis libre de vivre où je veux, d'épouser qui je veux ou pas du tout, et je ne suis pas du tout respon-

20

sable du domaine ! dit Lola, sa voix montant de plus en plus. Je n'arrive pas à croire à quel point je suis heureuse de ça. Je n'avais pas réalisé à quel point la tâche était intimidante parce que je pensais la partager avec Jackson, dit-elle en s'appuyant contre le mur et en étirant ses jambes devant elle. Quant à l'illégitimité, je doute que ma tante s'en soucie et moi certainement pas, donc à moins qu'il n'y ait une loi contre ça, je dis que Devlin est l'héritier ! s'exclama joyeusement Lola.

Sara avait souri avec son amie, heureuse que le stress semblait quitter ses épaules. Mais maintenant, un froncement de sourcils se formait sur son front.

— Lola, cela signifie-t-il que quiconque épouse Devlin est censé avoir deux enfants et vivre en Virginie ? demanda Sara. Quand Lola acquiesça avec emphase, Sara déglutit. Je veux dire, on s'apprécie et on est sortis une fois pour un non-rendez-vous. Ce n'est pas comme si on allait se marier ou quoi que ce soit. J'aimerais juste savoir dans quoi je m'embarque...

— Ne t'inquiète pas, je comprends ! J'étais tellement folle de Jackson que j'ai juste suivi les plans de tout le monde selon lesquels on devait se marier dans quelques années, avoir un couple d'enfants et vivre heureux pour toujours ! Sérieusement ! Qui se marie avec le premier garçon qu'elle embrasse ? demanda Lola.

— Je suis sûre que ça arrive, de temps en temps. Mais je suis d'accord avec toi. C'est beaucoup trop tôt pour que l'une d'entre nous parle de mariage, de bébés et de domaines ! Quel ennui total ! Je préfère de loin parler du nombre de garçons qu'on peut embrasser avant de devoir se contenter d'un seul pour qu'ils ne deviennent pas jaloux ! gloussa Sara. Lola riait aussi. Attends, combien de garçons PEUT-ON embrasser en même temps ? demanda Lola. Sara haussa les sourcils et dit : Si tu le fais correctement, UN SEUL à la fois. Lola rit et fit semblant de donner un coup de pied à Sara. Arrête ça ! Tu sais ce que je veux dire. Et sommes-nous obligées de discuter desdits baisers avec d'autres garçons que nous avons peut-être embrassés ou que nous envisageons d'embrasser ? demanda-t-elle sérieusement.

— Ne jamais embrasser et raconter, c'est ma devise, répondit Sara.

À moins de se faire prendre, alors l'honnêteté est la meilleure politique, concéda-t-elle.

— Alors que dois-je faire à propos de Jackson ? dit Lola, anxieuse. Je veux dire, il n'a aucune idée à quel point les choses ont changé la semaine dernière. Il ne sait rien de Devlin. Il sait très peu de toute cette histoire de clé et de Voyage, mais il en sait assez pour comprendre qu'il perdra son travail et son foyer si je me marie avec quelqu'un d'autre. Techniquement, ce serait aussi le résultat si Devlin devient l'héritier. Donc il va forcément paniquer à propos de tout ça. Je ne pense vraiment pas que je devrais mentionner Tom...

— Tu réfléchis trop. Demande-toi simplement ceci : si tu enlèves toute l'histoire, est-ce que tu aimes Jackson, pour Jackson. Comment te sens-tu quand tu es avec lui ? Quelle partie de toi se montre ? Et pour Tom ? Et souviens-toi, ce n'est pas une situation de l'un ou l'autre. Quand l'automne arrivera, il y aura encore plus de garçons ici parmi lesquels choisir ! dit Sara avec un clin d'œil.

— Je suppose que je vais devoir y réfléchir, répondit Lola, incertaine. Sara lui donna une fausse claque sur le bras.

— Non, idiote. Ne réfléchis pas. Comment te sens-tu ? Ferme les yeux et donne-moi un mot de sentiment pour Jackson, insista Sara en haussant légèrement la voix.

Lola s'exécuta. Une fois ses yeux fermés, elle imagina Jackson dans son esprit et dit : En sécurité.

— D'accord, maintenant garde les yeux fermés et donne-moi un mot de sentiment pour Tom, dit Sara, plus calmement.

Lola prit une profonde inspiration et expira. Détendue, fut sa réponse.

— Bien. Maintenant, soyons pratiques dans notre analyse. Comment sont les baisers ? demanda Sara, effrontément.

Lola rougit et fut sauvée d'avoir à entrer dans les détails par le son du carillon. Il était midi et il était temps de se changer et de se préparer pour le pique-nique.

22

CHAPITRE 4
PIQUE-NIQUE

Finalement, Phyllis l'a plutôt bien pris. Elle a accueilli Devlin à bras ouverts et lui a réservé son charme sudiste habituel. Elle a fait remarquer que même si Devlin ne ressemblait pas beaucoup à Simon, il avait une ressemblance frappante avec son père à elle. Elle a promis d'envoyer des photos et s'est renseignée sur ses couleurs et passe-temps préférés afin de lui préparer une chambre pour quand il rentrerait avec Lola.

Ils ont fait un charmant pique-nique près des bois. Le panier contenait une grande couverture pour s'asseoir, des mini-sandwichs, des crudités, des cubes de fromage, des raisins, des cerises et un thermos de thé glacé. C'était délicieux et ils se sont amusés à parler de la première semaine de « camp ». Phyllis a dit qu'elle avait passé quelques jours avec Boris chez lui à Moscou.

Vers quatorze heures trente, Tom les a trouvés et Lola l'a présenté à Phyllis. Il s'est assis et a bavardé avec eux pendant un moment, puis a suggéré à Lola de faire une petite promenade. Tout le monde a approuvé et ils sont partis. Laissés seuls, Phyllis et Devlin ont appris à mieux se connaître.

Phyllis s'est renseignée sur sa mère, son enfance, et lui a demandé s'il avait des talents artistiques. Devlin a dit qu'il aimait danser et qu'il

23

était doué pour les portraits au crayon, bien qu'il n'ait jamais eu l'occasion de peindre. Phyllis lui a dit qu'il pourrait utiliser l'atelier de Simon et voir s'il avait un don pour ça.

— Tu es sûre que ça ne te dérange pas que je m'installe chez toi ? Tu ne me connais même pas, a dit Devlin, anxieux.

— Le directeur m'a expliqué pour les tests sanguins. Et, comme je l'ai dit, tu ressembles beaucoup à mon père. J'avoue que j'ai été surprise quand il m'a écrit. Mais vu les excentricités de Simon, je ne devrais pas être si étonnée. De plus, il y a toujours eu deux enfants, un garçon et une fille, nés à chaque génération des Evers. Ça me semble parfaitement logique ! a répondu Phyllis. Cela dit, je devrais mentionner que j'en ai discuté avec nos avocats et ils pourraient demander un test de paternité classique à un moment donné. Mais je n'imagine pas que ça dirait quoi que ce soit de différent de celui que tu as déjà fait. Ça ne fera qu'officialiser les choses, a-t-elle ajouté, imperturbable.

— Tu es aussi généreuse et gracieuse que Lola l'a décrit. Et tu es encore plus belle qu'elle ne l'a dit ! a-t-il dit d'un trait.

— Eh bien, ne serais-tu pas un charmeur ? Tu vas parfaitement t'intégrer ! Viens ici et fais un câlin à ta vieille tante ! a-t-elle dit en lui ouvrant les bras. Il était si grand qu'il était plus facile pour lui de l'entourer de ses bras. Ils ont ri et ont repris leur conversation.

— Je suppose que Lola et toi serez libres de partir dimanche prochain à un moment donné. Je ne pense pas qu'ils auront des heures de visite si le programme est terminé. Que dirais-tu d'envoyer tes affaires avec celles de Lola ? Quand tu arriveras, on te fera faire le grand tour et on t'installera dans ta chambre. Lundi, ou quand ça t'arrangera, on pourra tous t'accompagner chez toi en Suède et t'aider à emballer plus de tes affaires. On peut s'occuper de la vente de ta maison, ou si tu préfères la garder, on peut la mettre en location. Jackson nous aidera. Tu connais Jackson, n'est-ce pas ? a-t-elle demandé.

— Oui, Lola m'en a parlé, a-t-il répondu. Et merci. Ça me semble être un bon plan.

— Je t'en prie. Tu fais partie de la famille ! a-t-elle dit chaleureusement. Maintenant, parle-moi de ce garçon, Tom ! Elle a fait un clin d'œil complice.

Devlin lui a raconté ce qu'il savait sur Tom et Lola. Il lui a promis qu'il gardait un œil sur Tom pour s'assurer qu'il se comportait correctement. Phyllis a réprimé un rire devant son expression sérieuse et l'a remercié pour ça.

Comme sur un signal, Tom et Lola sont revenus et, avant de partir, Tom a parlé à Phyllis de sa fête d'anniversaire à venir et du fait que Lola et Devlin étaient invités. Il lui a glissé un morceau de papier. — Voici mon adresse avec le nom et le numéro de ma mère si vous voulez lui parler, a-t-il dit avec un sourire. Il leur a dit de profiter du reste de leur pique-nique et est retourné rejoindre sa propre famille.

— C'est un garçon charmant. Où êtes-vous allés tous les deux ? a demandé Phyllis.

— Il m'a emmenée rencontrer sa mère et sa sœur, Tabitha. Elles ont été très accueillantes, a répondu Lola.

— Je me sentirai définitivement plus à l'aise avec cette soirée si Devlin est avec toi, a dit Phyllis. Bon, peut-être devrions-nous ranger le panier et le déposer quelque part. Il est presque l'heure de partir, et j'ai promis au directeur que je lui parlerais avant de partir.

Ils ont rangé et se sont dirigés vers le Grand Hall. En chemin, ils ont déposé le panier sur une table prévue à cet effet et sont entrés dans le Hall. Phyllis les a tous les deux serrés dans ses bras tour à tour et a dit qu'elle avait déjà hâte de les avoir à la maison la semaine prochaine. Au moment où elle s'apprêtait à se diriger vers le bureau du directeur, celui-ci est arrivé dans le Hall et lui a pris le bras pour l'emmener. Elle a fait un signe de la main aux enfants et a disparu avec le directeur.

D'autres familles se dirigeaient vers eux, alors Lola et Devlin ont décidé de changer d'endroit. Ils se sont dirigés vers la salle commune et se sont assis dans les fauteuils en cuir près de la cheminée. Ils ont parlé du pique-nique, des plans de Phyllis pour son arrivée, et de ce que chacun avait prévu pour le reste de l'été.

Leurs amis et d'autres élèves ont commencé à arriver petit à petit et ils ont traîné jusqu'à l'heure du dîner. Personne n'avait besoin de se doucher ou de se changer. C'était agréable de se détendre. Lola et Devlin avaient hâte de passer une soirée tranquille.

CHAPITRE 5
VENDREDI

La deuxième semaine passa à toute vitesse. Lola et Devlin continuaient leurs cours semi-privés pendant la journée et leurs soirées de révision intensive à la bibliothèque. Chaque matin, ils amenaient l'un de leurs amis pour une expérience de vol avec le professeur Elderberry. Tout le monde adorait, sauf Clara, qui fut terriblement malade après et ne voulut plus jamais recommencer. Le professeur Elderberry était ravi d'avoir un flux constant d'assistants matinaux à qui faire appel à l'automne.

Le vendredi, ils étaient heureux d'en avoir fini et d'avoir rattrapé leurs camarades de classe. À l'automne, Tom et Lola termineraient le lycée tandis que les autres commenceraient leurs cours de niveau universitaire. Cependant, ils débuteraient tous ensemble leurs cours liés au Voyage.

Au déjeuner du vendredi, le directeur annonça que le thème de la soirée sociale serait le Pays des Merveilles d'Hiver. Bien qu'il ait dit que c'était un favori des plus jeunes, tout le monde rugit d'applaudissements à cette nouvelle. Lola et Devlin affichaient des expressions curieuses mais applaudirent avec les autres.

— Pour rappel, samedi et dimanche, le petit-déjeuner buffet sera disponible de six heures trente à neuf heures trente pour ceux d'entre

27

vous qui voudraient faire la grasse matinée. Le déjeuner de samedi sera un barbecue en plein air, disponible sur la pelouse ouest de douze heures trente à quatorze heures trente. L'après-midi, des chaises longues et des parasols seront installés sur la pelouse sud pour ceux qui souhaitent profiter du soleil. Des sports collectifs seront organisés sur la pelouse est, et ceux qui désirent silence et solitude pourront utiliser la plateforme de méditation sur la pelouse nord. Le dîner de demain sera servi à l'heure habituelle, suivi de la soirée cinéma...

Cela provoqua une nouvelle salve d'applaudissements.

— Enfin, le départ dimanche commencera à onze heures pour les élèves de treize ans, onze heures trente pour les quatorze ans, midi pour les quinze ans, et douze heures trente pour les élèves plus âgés. Il n'y aura pas de service de déjeuner.

— Avant de partir, assurez-vous de déposer tous les éléments de votre uniforme dans le conduit pour être lavés et rangés. Emportez tous vos effets personnels afin que nous puissions nettoyer les chambres à fond. Pour ceux qui reviennent à l'automne, veuillez voir le professeur Kravchuk. Il aura vos dossiers d'information. L'inscription doit être retournée avant le 15 août.

Le directeur retourna à sa place et le déjeuner fut servi.

Pendant qu'ils mangeaient, Lola demanda si tout le monde avait la même spécialité ou s'il y avait des choix.

— Mon grand frère a dit qu'il y en a cinq au choix : Études globales, Affaires internationales, Gestion internationale, Linguistique et Arts libéraux, répondit Clara.

— Tout le monde sait quelle spécialité il va choisir ? demanda Devlin.

Sara et Clara dirent qu'elles optaient pour les Arts libéraux. Colin choisissait la Gestion internationale. James dit qu'il pensait à la Linguistique car il avait une affinité pour les langues. Lenora voulait faire les Affaires internationales.

— Tu sais que ça ne veut pas dire avoir des liaisons avec des étudiants internationaux, plaisanta Colin.

— Ha ha. Je sais parfaitement ce que le programme implique et je pense que tu verras que j'y suis naturellement douée, répliqua Lenora, légèrement vexée.

— Et toi, Devlin ? demanda Lola.

— Soit Études globales, soit Arts libéraux, je pense. Il faudra que je regarde la liste des cours, répondit-il. Et toi, Lola ? demanda-t-il.

— Probablement Arts libéraux. Je veux être écrivaine. Mais j'avoue que la Linguistique semble aussi attrayante, répondit-elle. Quand est-ce que l'école commence ?

— On doit revenir le premier dimanche de septembre. Ça nous donne un mois entier de vacances ! s'exclama Sara.

Cela les amena à parler de leurs projets pour l'été. À part la fête de Tom, Colin et James espéraient inviter des gens à un moment donné et les tiendraient au courant.

— Vous enverrez un texto ou une de ces lettres en origami ? demanda Lola, curieuse.

Tout le monde rit.

— Un texto, définitivement un texto. On utilisait l'origami seulement à l'école, ou pour communiquer avec l'Académie. Je veux dire, ça marche partout. Certaines personnes l'utilisent pour envoyer des lettres au lieu de passer par la poste. Mais je suis sûr qu'on a tous des téléphones portables, dit Colin avec un sourire narquois.

— Mes frères et sœurs les utilisent beaucoup. Mes parents et leurs amis aussi, répondit Clara.

— Donnez juste vos coordonnées à Sara et elle les partagera avec le reste d'entre nous, dit James à Lola et Devlin.

Cet après-midi-là, Maître Smoke proposa de tester les élèves plus jeunes qui étaient intéressés à être évalués. Il expliqua que les enfants de moins de seize ans pouvaient aussi recevoir des ceintures grises, jaunes, orange et vertes, qui étaient des ceintures intermédiaires entre la blanche et la bleue. La raison pour laquelle ils étaient officiellement testés à la fin du camp était pour qu'ils puissent continuer leur instruction dans un autre studio pendant le reste de l'année. Comme Lola était la seule élève de seize ans dans le groupe, Maître Smoke lui demanda de s'associer avec son partenaire habituel pour que les autres puissent continuer leur évaluation. Elle demanda si elle pouvait être incluse dans le test pour mesurer ses progrès.

Au final, si Lola avait été éligible, elle aurait reçu une ceinture orange, et elle en était plutôt satisfaite. Il n'y avait aucune chance qu'elle poursuive le jiu-jitsu brésilien par elle-même, mais elle était heureuse d'avoir progressé et maîtrisé suffisamment les bases pour les utiliser si le besoin s'en faisait sentir.

Pour leur dernier cours de M&M, le professeur Brambles leur raconta une courte histoire après leur méditation de groupe.

— *Un jour, un jeune homme robuste arriva dans un camp de bûche-rons à la recherche d'un emploi. Voyant son apparence, le directeur l'em-baucha sans hésitation. Il fit un excellent travail le premier jour, et tout le monde était content de sa performance.*

— *Étrangement, le deuxième jour, sa production diminua de moitié, bien qu'il ait travaillé tout aussi dur. Le troisième jour, ses résultats furent encore pires. Il n'abattit que quelques arbres.*

— *Quand on lui demanda la raison de ses piètres performances, le jeune homme répondit qu'il ne savait pas ce qui se passait. Il avait travaillé tout aussi dur chaque jour. Alors son patron lui posa une ques-tion : Quand as-tu aiguisé ta hache pour la dernière fois ? Le garçon répondit qu'il n'avait pas trouvé le temps. Il était trop occupé à abattre des arbres.*

Comme d'habitude, elle demanda aux élèves de partager leurs réflexions sur l'histoire et termina le cours avec le conseil suivant :

— N'oubliez pas d'Aiguiser votre Hache, c'est-à-dire d'augmenter votre productivité personnelle en ayant une stratégie équilibrée pour vous renouveler dans les quatre aspects de la vie : Physique, Social, Mental et Spirituel. Profitez de vos vacances et utilisez bien les quatre prochaines semaines !

Elle leur dit au revoir et leur souhaita de profiter des derniers jours sur le campus.

CHAPITRE 6
LE PAYS DES MERVEILLES

Le vendredi soir, le dîner se composait d'un ragoût d'agneau chaud, de pain frais, d'une salade verte et d'un plateau d'olives et de fromages. Pour le dessert, ils avaient un pudding collant aux figues et aux noix de pécan avec une sauce au caramel.

Après le dîner, tout le monde est allé se changer et s'est retrouvé sur la pelouse devant. Là, Maître Smoke les a fait s'aligner comme d'habitude pour le cours d'arts martiaux. Mais au lieu de trois mini-temples, il y avait un grand mini-château derrière lui avec trois portes.

Lola et Tom se tenaient côte à côte. Elle était vraiment excitée. Tom ne disait pas un mot car il ne voulait pas gâcher la surprise. Lorsqu'ils ont franchi le seuil du château, leurs vêtements se sont transformés en tenues d'hiver avec des moufles, des bonnets, des écharpes et des bottes !

Étonnée, Lola a levé les yeux vers Tom et a souri. Il a souri et a fait un signe de tête devant eux. Ils n'étaient pas vraiment dans un château, mais plutôt dans une cour. Au milieu de la cour, il y avait un énorme étang gelé et les élèves se précipitaient pour prendre des patins et l'essayer. Tout autour de l'étang, il y avait de petits chariots de nourriture proposant du chocolat chaud, des marrons grillés, des bonshommes en pain d'épice et des biscuits au sucre glacé. Il y avait aussi une énorme boule à neige à côté de laquelle on pouvait prendre des photos.

Devlin est sorti avec Sara et il avait l'air d'un enfant dans un magasin de bonbons. Ils se dirigeaient vers Lola et Tom quand ils ont entendu des cris de joie derrière eux. Colin et James étaient assis dans un petit traîneau tiré par ce qui ressemblait à un renne.

— Pas possible, dit Lola, la mâchoire pendante.

— Lola, regarde ! dit Devlin en pointant du doigt derrière la patinoire. Il y avait une colline escarpée et les élèves descendaient la pente sur des bouées jaunes. Lola a saisi la main de Tom et l'a entraîné vers la colline, riant tout du long. Devlin et Sara étaient juste derrière, poussant des cris d'enfants.

Heureusement, il n'y avait qu'une courte file d'attente et leur professeur d'histoire était là, tendant des bouées aux élèves qui arrivaient.

— Bonjour, Dr McClary ! dit poliment Lola quand ce fut leur tour.

— Bonjour, Lola, vous amusez-vous bien ? demanda-t-il en lui tendant une bouée.

— Je ne pense pas m'être jamais autant amusée de ma vie. C'est incroyable ! J'adore la magie ! s'exclama-t-elle. Le professeur rit et la congédia d'un geste. Ils montèrent les quatre volées d'escaliers de la structure en bois qui menait à la colline. Les uns après les autres, selon leur degré de courage, ils s'asseyaient dans le trou de la bouée et se faisaient pousser ou partaient en courant et sautaient sur la bouée en descendant. Cette dernière méthode était beaucoup plus rapide. Ils y sont allés au moins cinq fois de suite avant que les escaliers ne les fatiguent et qu'ils décident de faire une pause pour faire autre chose. Tom a suggéré une balade en traîneau. Lola a exprimé son opinion en applaudissant et en sautant de joie.

— J'allais suggérer une tasse de chocolat chaud et un biscuit pour la balade, mais je ne suis pas sûr que tu devrais ingérer du sucre. Tu es déjà bien trop excitée comme ça ! dit Tom en riant.

— Blasphème ! répliqua Lola, en le tirant joyeusement vers le stand de bonshommes en pain d'épice.

Chacun des biscuits en pain d'épice, car il y avait des hommes et des femmes, était décoré différemment et il était difficile de choisir tant ils étaient magnifiquement ornés. Lola a choisi une fille habillée en ballerine. Elle en a humé l'arôme et a mordu dans la tête.

— Quelle horreur, s'est exclamé Tom. Surprise, les yeux de Lola se sont écarquillés et elle a rapidement dit :

— Quoi ? Tom secouait la tête d'un air incrédule.

— Seuls les sadiques commencent par la tête. Ça ne se fait pas, dit-il en mordant le pied de son footballeur pour faire une démonstration. Lola a poussé un grognement dédaigneux et a continué à grignoter son biscuit tout en traînant Tom d'un stand à l'autre pour goûter à tout ce qu'ils proposaient. Repus, ils se sont dirigés vers la file d'attente pour les balades en traîneau et sont tombés sur Clara et Gunther.

— N'est-ce pas incroyable ? Ils font ça chaque été ? demanda Lola.

— Non, peut-être un été sur deux. Mais c'est toujours un régal, répondit Gunther, car la bouche de Clara était pleine de marrons grillés.

Chaque couple avait son propre traîneau et ils étaient assez éloignés les uns des autres pour offrir un peu d'intimité.

Leur professeur de latin, le Dr Thompson, supervisait la distribution des traîneaux. Il fit signe à Tom et Lola de monter et de s'asseoir. Il y avait une couverture en fourrure qu'ils remontèrent sur leurs genoux.

— Veuillez rester assis et garder toutes les parties du corps à l'intérieur du traîneau à tout moment. Évitez les cris perçants car vous pourriez effrayer les animaux, leur recommanda-t-il. Puis il tapota l'arrière-train du renne et ils partirent. — Profitez bien de la balade ! leur cria-t-il en leur faisant un signe de la main.

— Les animaux ? lâcha Lola.

— Tu verras, répondit Tom en lui prenant la main.

Ils commencèrent par faire le tour de la patinoire, puis de la colline, avant d'entrer dans la forêt. C'était vraiment une illusion élaborée. Le sol était couvert de neige et le son tout autour d'eux était étouffé, comme si la fête qu'ils venaient de quitter était à des kilomètres. Lola était aux aguets, regardant ici et là si des renards ou des cerfs allaient surgir devant eux. Tom lui donna un coup de coude et lui dit de se détendre. Rien n'allait leur sauter dessus — ce n'était pas un manoir hanté. Lola poussa un soupir de soulagement et laissa sa tête tomber sur l'épaule de Tom. Ce faisant, elle leva les yeux d'un air rêveur, s'attendant à voir des étoiles ou de la neige tomber. Elle se redressa brusquement, frappant les bras de Tom en pointant du doigt tremblant vers le ciel.

— C'est une aurore boréale ! chuchota Lola avec révérence. J'ai toujours voulu en voir une, dit-elle dans un état second. Tom passa un bras autour d'elle, la serra contre lui et l'embrassa sur le haut de la tête. La tête en arrière, ils admirèrent la beauté du ciel aussi longtemps que cela dura. Lorsque le ciel redevint sombre, Lola se tourna vers lui. Tom se déplaça sur le siège et plongea son regard dans les yeux de Lola. Il lui caressa le visage d'une main. Lola se pencha vers ses mains et ferma les yeux. Il approcha son visage à quelques centimètres du sien et attendit. Elle ouvrit les yeux, sentant sa proximité. Ils restèrent ainsi, respirant l'air de l'autre pendant un, deux, trois battements de cœur jusqu'à ce que leurs lèvres se joignent et franchissent la frontière. C'était un baiser léger et doux, plein d'espoir et de promesses. Ils se sont écartés, ont ouvert les yeux et se sont embrassés à nouveau. Ce baiser a duré plus longtemps, était plus ferme, et alors que leurs lèvres s'entrouvraient et que leurs langues se touchaient pour la première fois, ils ont entendu des cloches. Non, pas des cloches, des sifflements.

Lola entrouvrit un œil et recula avec un hoquet de surprise. Sur leur droite, derrière une paroi de verre transparent ou invisible, une énorme baleine grise nageait à côté d'eux. Puis une autre. C'était comme s'ils étaient sous l'océan Arctique. Ils pouvaient voir le dessous des banquises. Bientôt, ils virent des phoques et des ours polaires plonger dans l'océan. Il y avait même un morse.

— Oh mon Dieu ! chuchota Lola avec révérence. C'est la plus belle chose que j'aie jamais vue, souffla-t-elle. Tom était tout aussi captivé par cette vision et ils restèrent silencieux tandis que le traîneau continuait sa route. Finalement, ils quittèrent l'océan et se retrouvèrent de nouveau dans les bois. Les bruits de la fête se rapprochaient ; la promenade touchait à sa fin. Tom prit la main de Lola et y déposa un baiser. Elle leva les yeux vers lui avec adoration et il se pencha pour un dernier baiser langoureux.

De retour, ils se dirigèrent vers la patinoire. Lady Samsara était dans son élément. Elle ressemblait à Elsa de La Reine des Neiges avec sa longue robe bleue fluide, une cape de fourrure argentée et ce qui semblait être une couronne de glace.

— Quelle pointure vous faut-il ? demanda-t-elle à Lola et Tom, avant de leur indiquer des bancs numérotés autour de la patinoire. Ils allèrent à leurs bancs respectifs, prirent une paire de patins et les lacèrent. Lola n'était pas une bonne patineuse. Elle fit quelques pas hésitants sur la glace et s'arrêta. Elle fit signe à Tom de la rejoindre.

— J'aurais peut-être besoin d'un coup de main, dit-elle en s'agrippant à son bras quand il arriva. Chez moi, il y a une bordure autour de la patinoire à laquelle on peut se tenir, expliqua-t-elle d'un air désolé.

— Ne craignez rien, ma dame. Votre chevalier est là pour vous, dit Tom en lui prenant le bras d'une main et en passant son autre bras autour d'elle pour la stabiliser. Ils firent quelques tours et Lola réussit à rester debout. Au centre, une fille patinait magnifiquement et se penchait dans un gracieux arabesque. Lola plissa les yeux et fut surprise de voir que c'était Sara. Devlin patina jusqu'à elle et la prit habilement dans ses bras, et ils patinèrent en parfaite harmonie, hanche contre hanche, comme des champions olympiques.

— Il a définitivement hérité de tout le talent de notre famille, dit Lola, les yeux suivant le couple autour de la patinoire avec fascination.

— Ils nous font passer pour des amateurs, répliqua Tom, feignant d'être vexé.

Mais en regardant autour d'eux, ils virent que le reste des élèves étaient des patineurs corrects, ni plus ni moins. Devlin et Sara étaient les exceptions, aussi saisissants qu'ils étaient. La plupart s'étaient arrêtés pour regarder le couple, et quand ils s'immobilisèrent, ils furent accueillis par des applaudissements. Lola se joignit à contrecœur et tira Tom pour qu'ils puissent patiner vers eux et les féliciter.

— Où avez-vous appris à patiner comme ça ? demanda Lola, regardant l'un puis l'autre.

Ils se regardèrent et répondirent en même temps :

— Des leçons.

Une explication plus détaillée devrait attendre car les lumières scintillantes au-dessus de la patinoire commencèrent à clignoter, et ils savaient tous ce que cela signifiait.

Ils retournèrent à leurs bancs pour enlever leurs patins et se retrouvèrent près de la porte centrale. Lola jeta un dernier coup d'œil à sa tenue d'hiver et regarda tout disparaître en franchissant les portes. De l'autre côté, Tom lui prit la main et ils retournèrent à l'école.

C'était une nuit magique. Littéralement. Elle ne savait pas combien de magie ou d'illusion était nécessaire pour réaliser tout cela, mais Lola s'en souviendrait pour le reste de sa vie.

CHAPITRE 7
SAMEDI

Samedi, Lola et Devlin furent soulagés de ne recevoir aucune convocation du directeur. Le matin, la bande se sépara : les garçons jouèrent une partie de W&W tandis que les filles se détendaient dans leurs chambres. L'après-midi, les garçons firent du sport et les filles se prélassèrent au soleil.

— C'est ce qu'on fera tous les samedis quand on reviendra à l'automne ? demanda Lola.

Sara se retourna sur le ventre et tourna la tête vers Lola.

— Je ne suis pas sûre. Je doute qu'il y ait des barbecues chaque semaine, mais je pense que le sport et la détente seront assez récurrents, répondit-elle.

— Ma sœur a dit qu'il y a des sorties scolaires une fois par mois, mais elle n'a pas précisé où. Et on peut rentrer chez nous un week-end par mois si on veut. La plupart des élèves ne rentrent qu'une fois par semestre et certains uniquement pour les vacances, ajouta Lenora.

— Il y a des élèves qui restent ici toute l'année sans jamais rentrer chez eux ? demanda Lola, incrédule.

— Oui, bien sûr. Tout le monde ne vient pas d'un bon foyer, intervint Clara.

— J'avoue que la vie ici est plutôt confortable. Ça pourrait être mieux que ce qu'ils ont chez eux, réfléchit Lola.

— Pense à Devlin. S'il n'était pas ton frère perdu de longue date, il aurait probablement emménagé ici pour l'année. À quoi bon rentrer dans une maison vide ? dit Sara.

— En parlant de ça, comment ça se passe de ce côté-là ? Je veux dire, les nouvelles dynamiques familiales, s'enquit Lenora.

— Devlin et moi avons un peu parlé, mais les choses n'ont pas vraiment changé entre nous. On agissait déjà un peu comme frère et sœur. Je suppose que le retour à la maison sera le vrai test. Lui et Phyllis se sont bien entendus, c'est une bonne chose. Une fois qu'il aura eu l'occasion de s'installer, on ira chercher ses affaires en Suède. On aura le mois prochain pour créer des liens en famille avant de revenir ici, expliqua Lola.

— Ça a l'air super. Je suis contente que vous vous soyez retrouvés. Même si j'ai dû rêver d'être fille unique un million de fois en grandissant, la vérité c'est que je serais perdue sans mes frères et sœurs et ma famille, dit Lenora en se retournant sur le dos et fermant les yeux.

Sara se pencha vers Lola et baissa la voix.

— Et Jackson ? chuchota-t-elle.

— Quoi, Jackson ? demanda Lola, chuchotant aussi.

— Il ne sera pas jaloux ? demanda Sara.

— Pourquoi serait-il jaloux ? On ne sort pas ensemble ! répliqua-t-elle.

— Si tu as maintenant un grand frère, et qu'il est l'héritier, tu n'as plus besoin de te marier. De plus, Devlin serait éventuellement chargé de reprendre les finances familiales puisqu'il a déjà dix-huit ans et qu'il va devenir Custodian. Ça ne priverait pas Jackson de son emploi ? dit Sara.

— Je vois ce que tu veux dire. Aussi, avant mon départ, on a décidé de demander aux avocats de chercher un nouveau couple pour devenir gardiens afin que Jackson puisse se concentrer sur ses études. Donc dans tous les cas, on dirait qu'il est sur le point de perdre son travail, mais ce ne sera pas parce que lui et moi allons nous marier. Maintenant je me sens terrible, et je n'ai même pas mentionné Tom ! dit Lola en se cachant le visage dans les mains.

— Tu ne devrais vraiment pas parler de Tom à moins que les choses ne deviennent sérieuses et que vous décidiez d'être exclusifs. Et comme tu rentres chez toi demain et que tu ne reverras pas Tom avant sa fête dans deux semaines, c'est un point discutable, suggéra Sara.

— Je suppose que tu as raison ; un problème à la fois, soupira Lola.

— Et rien de tout cela n'est TON problème. Tu es mineure et tu n'es plus l'héritière. Ton travail, c'est de t'amuser, d'apprendre à connaître ton frère, de profiter de ta nouvelle tante et de ta nouvelle maison. Laisse les adultes et les avocats s'en occuper ! dit Sara d'un ton catégorique.

— Oui. Tu as raison. Rien de tout ça n'est de ma faute. Je n'ai rien demandé de tout ça. Je vais juste me concentrer sur les points positifs : j'ai deux nouveaux membres dans ma famille et je ne suis pas seule, dit Lola avec un hochement de tête affirmatif.

— Et, bien sûr, tu as une bande de nouvelles copines impertinentes à l'école qui te soutiennent, dit Sara, un peu plus fort en tendant son bras pour un check. Lola rit et frappa son poing contre le sien avant qu'elles ne fassent toutes les deux l'explosion avec leurs doigts, en gloussant.

Lenora et Clara levèrent la tête en entendant les gloussements et virent la fin du check. Elles levèrent les yeux au ciel avant de retourner à leur bronzage.

PENDANT CE TEMPS, sur la pelouse Est, l'équipe rouge écrasait l'équipe bleue dans une partie de football endiablée. Le docteur McClary et le docteur Thompson étaient chacun capitaine d'une équipe et la compétition était féroce.

Tom, jouant pour l'équipe rouge, se déplaçait avec fluidité et essayait de se débarrasser de Gunther. Il feinta vers la droite puis plongea rapidement à gauche. Le ballon bougeait avec lui comme s'il était attaché à ses pieds. Il arma sa jambe et son pied entra en contact avec le ballon quelques secondes avant celui de Gunther. Il vola à travers la pelouse et dans le coin supérieur droit du filet, juste au moment où Tom et Gunther tombaient en tas. Et c'était tout ; les rouges avaient gagné. Ses coéquipiers, hurlant et criant, se précipitèrent vers lui et ils tombèrent dans une étreinte collective, sautant de victoire. Le docteur McClary les rejoignit et cria : — Les sodas sont pour moi ! Et l'équipe, composée de garçons et de filles, acclama encore plus. Il les fit se mettre en ligne pour serrer la main de l'autre équipe et il montra l'exemple en serrant d'abord la main du docteur Thompson.

— Bien joué ! leur dit le docteur Thompson à chacun alors qu'ils passaient et ils se rassemblèrent tous autour de quelques glacières remplies de canettes de soda fraîches. Ils s'assirent, revenant sur le match, rejouant les meilleurs buts, et se détendant simplement après une partie amusante. Quand la cloche sonna, le docteur McClary cria : — Il est temps d'aller à la douche, on se voit au dîner !

CHAPITRE 8
LE DÉPART

Le dimanche matin, Tom et Lola ont pris le petit-déjeuner ensemble avant de partir pour une dernière promenade. Il était encore tôt et ils étaient seuls sur le chemin. Ils se tenaient la main et parlaient de leurs projets pour l'été. Tom a dit qu'il allait probablement choisir les arts libéraux comme spécialité puisqu'il ne savait pas encore vraiment ce qu'il voulait faire. Il était enthousiaste à l'idée que Lola et lui auraient probablement la plupart de leurs cours ensemble à l'automne puisqu'ils terminaient tous les deux le lycée.

— Je me demande combien d'autres étudiants sont dans la même situation, s'est interrogée Lola.

— Je suis sûr qu'on n'est pas les seuls, a répondu Tom, incertain.

— Techniquement, je ne devrais pas revenir l'année prochaine, a dit Lola.

— Que veux-tu dire ? a demandé Tom.

— Maintenant qu'on sait que Devlin est mon frère, je ne suis plus candidate au poste de Gardienne et je pourrais terminer mes études à la maison et revenir l'année suivante, a-t-elle expliqué.

— Et ce n'est pas ce qui va se passer ? a-t-il demandé, inquiet maintenant.

41

— Non, le directeur a dit qu'une fois qu'on a reçu notre lettre d'admission, elle ne peut pas être révoquée. Je pourrais choisir de ne pas venir, mais évidemment je ne le ferai pas, a dit Lola en souriant timidement et en le poussant légèrement de l'épaule. Je me suis attachée à l'école, a-t-elle ajouté d'un air espiègle.

— Seulement à l'école ? a-t-il demandé en haussant un sourcil.

— Eh bien, j'ai aussi tous ces nouveaux amis formidables, a-t-elle éludé.

— Rien d'autre ? a-t-il insisté.

— La nourriture est incroyable, et tu dois admettre que voler tôt le matin avec le professeur Elderberry est ce qu'il y a de mieux, a-t-elle répondu, la langue dans la joue.

Tom s'est brusquement arrêté de marcher et leurs mains se sont détachées alors que Lola continuait d'avancer. Elle s'est retournée, le bras tendu, regardant avec confusion l'endroit où leurs mains s'étaient séparées. Elle a levé les yeux vers son visage et a vu son froncement de sourcils. Elle a souri et est revenue vers lui, a saisi ses deux mains, et l'a regardé avec franchise, essayant de lui arracher un sourire. Son expression n'a pas bougé. Elle a lâché ses mains et les a posées sur sa poitrine pour garder l'équilibre, puis s'est mise sur la pointe des pieds pour l'embrasser légèrement. Rien. Elle a appuyé un peu plus, s'attardant un peu plus longtemps, et l'a senti céder. — Faut-il que je le dise explicitement ? a-t-elle demandé, ses lèvres toujours pressées contre les siennes. Sa bouche a tressailli et il a serré les lèvres pour réprimer un sourire. Elle a fait un pas en arrière et lui a jeté un regard scrutateur. Elle hésitait entre céder à ce jeu évident pour attirer l'attention ou le laisser mariner. Finalement, elle n'était tout simplement pas assez sophistiquée pour ce genre de jeu et a cédé.

— Toi, Tom, tu es l'une des raisons pour lesquelles je compte les jours jusqu'à ce qu'on soit de retour sur le campus, a-t-elle dit honnêtement.

Un lent sourire s'est dessiné sur son visage et il a fait un pas vers elle. Proche, mais sans la toucher. Ses yeux plongeaient dans les siens, intenses, mais toujours pétillants d'amusement. Il a levé ses mains le long de ses bras, sans les toucher. Lola a frissonné d'anticipation. Elles se sont posées sur son visage, caressant ses joues avec ses pouces.

— J'aime quand tu es impertinente, mais ne deviens pas trop insolente. J'aime aussi que tu sois sans artifice et que tu ne joues pas de jeux, a-t-il dit doucement et elle a souri. J'aime tout de toi, Lola Evers, a-t-il ajouté, se penchant pour effleurer ses lèvres une fois, deux fois, trois fois. Elle a fermé les yeux pour savourer la sensation. Il a déposé des baisers papillon sur sa joue, sa tempe, son front, et enfin sur son nez. Quand elle a ouvert les yeux, son cœur battait la chamade, et il lui souriait tendrement. Elle a posé sa main contre son cœur et a pu sentir que le sien battait aussi rapidement que le sien. Les yeux rivés sur les siens, une de ses mains a quitté son visage et a recouvert sa main. Son autre main a repoussé ses cheveux derrière son oreille puis a glissé dans son dos et il l'a attirée plus près de lui jusqu'à ce que sa tête soit dans le creux de son cou et il l'a serrée fort.

Ils se sont enlacés pendant quelques minutes puis se sont séparés. Il était temps de partir. Main dans la main, ils sont retournés à l'école et ont convenu de rester en contact une fois rentrés chez eux. Ils ne se verraient probablement pas avant la fête de Tom car lui et sa famille partaient en vacances pour les deux prochaines semaines.

Ils se sont séparés devant le dortoir avec un rapide baiser et une autre longue étreinte.

Lola est retournée dans la chambre et a commencé à faire ses bagages. Sara était debout et faisait de même. En rangeant ses livres, elle a pensé aux Archives. Elle n'avait aucune idée du moment où le livre était retourné dans le coffre de l'avocat. Seulement que lorsque le directeur avait demandé à le voir, il avait disparu. Lola envisageait plusieurs possibilités. *Est-il retourné dès mon arrivée ? Peut-être n'a-t-il jamais quitté le Manoir et a disparu dès que j'ai franchi la porte. Ou peut-être a-t-il disparu dès que j'ai rencontré Devlin.* Le livre aurait dû lui revenir. Cependant, l'avocat avait apporté le livre à Lola. Il ne lui était pas apparu personnellement, il était donc logique que le livre quitte Lola et retourne chez les avocats. C'était l'une des nombreuses discussions qu'ils devaient avoir quand elle et Devlin rentreraient à la maison.

— N'oublie pas de me donner ton numéro de portable et ton email, a rappelé Sara de l'autre côté de la chambre.

Lola est allée au bureau et a pris un morceau de papier. Elle y a également écrit son adresse au cas où Sara en aurait besoin pour envoyer une lettre ou venir en visite. Elle l'a donné à Sara, qui l'a échangé avec ses propres informations.

— J'adorerais que tu viennes passer quelques jours chez nous, a dit Sara.

— J'aimerais beaucoup aussi, et évidemment si tu venais chez nous, tu verrais aussi Devlin, a répondu Lola avec un clin d'œil.

— Ce serait effectivement génial. Mais le temps entre filles est aussi très important, a répondu Sara sérieusement.

— Je suis d'accord. Laisse-moi m'installer à la maison et je te recontacterai pour les dates, a répondu Lola.

Les filles avaient fini de faire leurs bagages et étaient prêtes à partir. Elles se sont enlacées et ont promis de s'envoyer des messages dès que possible.

— *Euh*, Sara, a demandé Lola.

— Quoi ?

— Comment envoie-t-on notre malle à la maison si on ne peut pas ouvrir de porte dans notre chambre ? Elle est beaucoup trop lourde pour que je la soulève, a dit Lola, un pli apparaissant sur son front.

— Oh, bien sûr. Laisse-la là, au pied de ton lit. Quelqu'un l'enverra chez toi plus tard dans la soirée, a répondu Sara.

— Comment ? a demandé Lola, toujours confuse.

— Je n'en ai aucune idée, a répondu Sara. Il y a un carillon, comme si quelqu'un sonnait à ta porte, et la malle apparaît sur le pas de ta porte d'entrée.

— Comme par magie, a chuchoté Lola, émerveillée.

— Exactement ! a répondu Sara, joyeusement. Tu es prête ? On descend dire au revoir à tout le monde ?

Lola acquiesça, saisit sa sacoche, et ils sortirent.

Dans le Grand Hall, les élèves plus âgés se disaient au revoir, s'enlaçaient et se promettaient de se revoir bientôt. Sara et Devlin se prirent les mains et chuchotèrent leurs adieux tandis que Lola leur souriait avec bienveillance.

Lola et Devlin récupérèrent ensuite leurs dossiers d'information. Quand vint leur tour d'invoquer leur porte, Lola sortit sa clé et pensa Maison. Alors que la porte apparaissait, elle se tourna vers Devlin et lui demanda s'il était prêt pour sa nouvelle vie. Devlin prit une profonde inspiration, se redressa, et la suivit à travers la porte.

CHAPITRE 9
CHEZ SOI

Ils arrivèrent au bout de l'allée menant au manoir Evers. Lola voulait que Devlin ait le plein effet, alors elle ajusta leur destination. Devlin ne déçut pas. Il se tenait là, sur le chemin de gravier bordé d'arbres, regardant d'abord la fontaine, puis le manoir. Sa mâchoire pendait et il fixait Lola.

— C'est notre maison ? demanda-t-il, l'incrédulité se lisant sur son visage.

— Oui ! N'est-ce pas magnifique ? répondit Lola, les yeux brillants d'appréciation.

— C'est spectaculaire ! répliqua Devlin.

Lola lui prit la main et l'entraîna le long de l'allée, pointant ici et là vers le garage, la piscine, le kiosque et le sentier qui menait dans les bois. Ils contournèrent la fontaine et Devlin se pencha pour toucher l'eau en passant. Finalement, ils arrivèrent devant le manoir, au bas des marches.

— Prêt ? demanda-t-elle.

— Prêt ! répondit-il.

Ils montèrent les marches et, sur une impulsion, Lola décida de sonner à la porte. Ils attendirent.

Phyllis ouvrit la porte, puis s'essuya les mains sur son tablier, l'air

47

un peu distraite, mais avec son sourire gracieux en place pour accueillir quiconque était à la porte. Son visage enregistra la surprise puis fut complètement transformé par un sourire sincère.

— Les enfants ! Vous êtes rentrés ! s'exclama-t-elle en les serrant tous les deux dans ses bras.

— Que faites-vous donc ici ? demanda-t-elle, les yeux embués, en les relâchant et en les faisant entrer.

— Je voulais que Devlin voie la maison comme je l'ai vue pour la première fois, répondit Lola.

— Comme c'est attentionné, répliqua Phyllis. Venez dans la cuisine, le déjeuner est presque prêt, dit-elle en se dirigeant dans cette direction.

Une fois dans la cuisine, Devlin demanda :

— Pouvons-nous aider ?

— Merci, mon chou, toi et Lola pouvez aller mettre la table sur la terrasse, répondit Phyllis.

Les assiettes, les verres et les couverts étaient sur le comptoir. Ils les prirent, les apportèrent dehors, et quand ils revinrent, ils trouvèrent que Phyllis avait posé un pichet de thé glacé et un plateau de crudités sur le comptoir. Ils les apportèrent aussi à la table. De retour dans la cuisine, Phyllis se lavait les mains et les trois assiettes étaient prêtes sur le comptoir. Elles étaient remplies de BLT et de salade de pommes de terre. À eux trois, ils prirent les assiettes et allèrent s'asseoir.

— Jackson est hors de la ville ? demanda Lola en remplissant son verre de thé glacé.

— Il est sorti avec des amis. Il sera de retour à temps pour se joindre à nous pour le dîner, répondit Phyllis. Cela devrait donner à Devlin le temps de s'installer et de faire un peu de visite.

Phyllis leur demanda comment s'était passée leur semaine et ils lui parlèrent de leurs cours et de la soirée Winter Wonderland du vendredi ainsi que de la soirée cinéma du samedi.

Lorsque le déjeuner fut terminé, ils lavèrent et essuyèrent la vaisselle ensemble et firent une rapide visite du rez-de-chaussée avant de monter à l'étage. Encore une fois, la visite fut brève. Phyllis indiqua diverses pièces sans les ouvrir et dit qu'ils pourraient explorer par eux-mêmes. Elle les conduisit à la chambre à côté de celle de Lola — celle que Jane avait utilisée lors de sa dernière visite. Quand Phyllis ouvrit la porte, Lola vit qu'il y avait un nouveau couvre-lit, de nouveaux rideaux et de nouveaux coussins sur le siège de la fenêtre. Les teintes vertes ajoutaient une touche plus masculine à la pièce rouge et or.

— J'espère que ça te plaît, dit Phyllis alors qu'ils la suivaient à l'intérieur.

Devlin semblait sous le choc. Il avait porté la même expression tout au long de la visite, mais l'expression sur son visage maintenant surpassait même cela.

— Cette chambre est presque plus grande que le deuxième étage de notre maison de ville ! répondit Devlin, se retournant pour contempler sa nouvelle chambre. C'est charmant, merci, tante Phyllis.

— Appelle-moi simplement Phyllis, répondit-elle en lui faisant un bisou sur la joue. Je suis contente que ça te plaise. Je suis désolée que ce ne soit pas aussi grand que les autres chambres, ajouta-t-elle.

Devlin regarda Lola et dit :

— Ta chambre est plus grande que ça ? avec un air incrédule. Lola rougit et haussa les épaules.

Regardant sa montre, Phyllis fit mine de partir et annonça :

— Il est presque 14h. Je vais laisser Lola te montrer sa chambre et, si tu veux, tu peux jeter un coup d'œil à ma chambre et à celle de Simon. Je vais passer l'après-midi avec Boris. Je serai de retour à temps pour le dîner. Elle embrassa chacune de leurs joues et partit.

— Que veux-tu faire en premier ? demanda Lola. Tu peux prendre une douche, ou te reposer. On pourrait finir la visite. On pourrait aller nager...

— À quelle heure est le dîner ? demanda Devlin.

— À 18h30 précises. Et on s'habille pour le dîner, dit Lola. Elle s'approcha du placard et regarda à l'intérieur. Effectivement, il y avait un costume, trois chemises habillées et deux pantalons habillés. Ouvrant un tiroir, elle vit quelques cravates, des chaussettes habillées et décontractées, des boxers et un pyjama. Dans un autre tiroir, il y avait un jean et deux t-shirts. Devlin regarda par-dessus son épaule le contenu avec étonnement.

— Cela devrait te dépanner jusqu'à ce que ta malle arrive et que tu puisses récupérer tes autres vêtements de la maison. Comment a-t-elle su quelle taille prendre ? se demanda Lola.

— Elle m'a demandé la permission d'obtenir une copie de la fiche de tailles de l'école, répondit Devlin, rougissant en sortant un boxer.

— Ne t'inquiète pas, elle a fait la même chose pour moi. Elle considère probablement cela comme des vêtements d'urgence et t'emmènera faire du shopping plus tard, dit Lola.

Ils fermèrent les tiroirs et le placard et allèrent vérifier la salle de bain. Il y avait un ensemble complet d'articles de toilette, un peignoir et une paire de pantoufles.

— Alors, que veux-tu faire ? demanda Lola.

— J'aimerais voir ta chambre et celle de notre père, répondit Devlin.

Ils commencèrent par la chambre de Lola et Devlin fut impressionné. Quand Lola s'excusa à nouveau d'avoir une plus grande chambre, il la balaya d'un geste.

— Ma chambre est énorme. Si j'ai besoin de plus d'espace, je peux toujours aller dans le bureau, dit-il. Nous ne sommes que trois à vivre ici, nous ne pouvons pas occuper tout l'espace, ajouta-t-il.

Ensuite, ils allèrent à la salle de sport. Lola expliqua leur rituel quotidien de méditation et de yoga, et Devlin en fut ravi. Il semblait également très impressionné par les machines. Ils allèrent ensuite à la pouponnière et Devlin s'extasia, de la même manière que Lola l'avait fait.

— Pouvons-nous dormir ici ce soir ? demanda-t-il, souriant comme un enfant.

— Bien sûr, si tu veux, répondit Lola. J'y ai dormi quelques fois quand mon amie Jane est venue en visite, ajouta-t-elle.

Lola l'emmena voir les deux autres chambres. — Elles sont plus petites que la tienne, mais si tu préfères l'une d'elles, je suis sûre que Phyllis te laissera changer, suggéra Lola. Mais Devlin secoua la tête et ils passèrent à la chambre de Phyllis. Ils frappèrent d'abord et attendirent. Puis, trouvant la porte déverrouillée, ils se glissèrent à l'intérieur pour jeter un coup d'œil rapide. Lola lui expliqua les nombreux Voyages de Phyllis et son épilepsie.

— On dirait la caverne aux merveilles ! s'exclama Devlin, secouant la tête d'étonnement.

Ils quittèrent la chambre de Phyllis et allèrent dans celle de Simon. Par habitude, et peut-être à cause d'un peu d'espoir, Lola frappa à la porte. Il n'y eut pas de réponse et ils se glissèrent à l'intérieur. La chambre était inchangée depuis la dernière visite de Lola. Avant de monter à l'alcôve, Lola montra à Devlin la Bible familiale que Simon gardait dans sa table de chevet. Prenant un stylo qu'elle trouva dans le tiroir, Lola ajouta le nom de Devlin à côté du sien.

— Tu fais officiellement partie de la famille, dit-elle en lui tendant le livre. Il le prit avec révérence et regarda tous les noms de leurs ancêtres avec émerveillement. Lola lui prit la main et le conduisit vers l'alcôve. Il tenait toujours la Bible.

Lorsque sa tête dépassa le haut de l'escalier en colimaçon et qu'il vit tous les tableaux, Devlin dit quelque chose en suédois, « *Herregud.* »

Lola lui demanda ce qu'il avait dit et il expliqua que cela signifiait *Oh mon Dieu.* Devlin feuilleta les toiles empilées contre le mur. Quand il trouva le portrait de Lola, il se tourna vers elle d'un air interrogateur.

— Il l'a fait pendant qu'il était ici, en Voyageant depuis le passé. Je suis censée le mettre quelque part de discret, mais je n'en ai pas encore eu l'occasion, dit Lola. Puis, se souvenant du temps passé avec son père et réalisant que Devlin n'aurait jamais cette chance, Lola se mit à pleurer.

Devlin s'approcha d'elle et l'enveloppa dans une étreinte d'ours. — Qu'est-ce qui ne va pas, Lola ? demanda-t-il, lui frottant le dos de manière apaisante.

— Je suis tellement désolée que tu n'aies pas pu le rencontrer. Ça semble si injuste, sanglota-t-elle dans sa chemise.

— Moi aussi, mais je suis tellement heureux d'avoir trouvé une famille. Toi et Phyllis êtes là maintenant. Je peux passer du temps avec vous et tu peux me parler de mon père, répondit-il, apparemment pas affligé.

51

Lola s'éloigna de lui et essuya les larmes de ses yeux avec le dos de sa manche. Se retournant, elle prit un mouchoir et se moucha.

— Je viens ici pour me sentir plus proche de lui. Tu peux venir ici aussi, quand tu veux, dit-elle en prenant une profonde inspiration.

Ils redescendirent dans la chambre et Devlin remit la Bible dans la table de chevet. Ils quittèrent la chambre de Simon et Lola lui expliqua à propos du grenier.

— Mais en réalité, maintenant que nous savons comment Voyager, nous pouvons simplement partir de nos propres chambres et revenir là-bas comme le fait Phyllis. Quand Marie, la cuisinière/femme de ménage est là pendant la semaine, Phyllis dit généralement qu'elle se repose dans sa chambre, ferme la porte à clé et personne ne la dérange. Ça devrait marcher pour nous aussi, expliqua Lola.

— Ou nous pourrions dire que nous étudions, ou que nous lisons, proposa Devlin et Lola acquiesça.

— Est-ce que Jackson est au courant ? À propos du Voyage ? demanda Devlin.

— Oui, il en a une idée générale, répondit Lola.

Devlin regarda sa montre. Il était quatorze heures quarante-cinq.

— Lola, je sais que Phyllis a dit que nous irions chez moi cette semaine pour emballer mes affaires, mais penses-tu que toi et moi pourrions y aller maintenant pour récupérer quelques trucs ? demanda-t-il.

Lola fut surprise et y réfléchit avant de répondre : — Bien sûr, pourquoi pas. Retournons dans ta chambre.

CHAPITRE 10

EFFRACTION

Ils retournèrent dans la chambre de Devlin et il sortit sa clé. La porte rouge apparut. Lola lui dit de se détendre, de prendre une profonde inspiration et d'imaginer clairement la pièce de la maison où il voulait aller, puis de penser *Maison* ou, si c'était trop déroutant à cause de sa nouvelle maison, de simplement dire l'adresse dans sa tête.

Devlin s'apprêtait à tendre la main pour tourner la poignée quand il se souvint de l'incantation pour créer une fenêtre dans la porte, afin de s'assurer qu'il allait au bon endroit. Il jeta un coup d'œil, tout comme Lola.

— Je ne t'aurais pas cru si désordonné, pouffa Lola en voyant l'état de sa chambre.

Le visage de Devlin était livide. — Je suis très ordonné, répondit-il les dents serrées. Quelque chose ne va pas du tout, ajouta-t-il, sa main planant au-dessus de la poignée.

— Que veux-tu dire ? demanda Lola, une expression inquiète s'installant sur son visage.

— Je crois que quelqu'un a cambriolé ma maison ! s'exclama Devlin, en colère maintenant, tournant la poignée et faisant irruption à l'intérieur.

53

Lola s'apprêtait à lui dire d'attendre, mais elle ne fut pas assez rapide. Elle hésita sur le seuil puis décida de le suivre. Elle passa la porte et la ferma. Celle-ci disparut.

La chambre avait été mise à sac. Devlin, le visage empreint d'un total désarroi, ramassait des vêtements, des livres et divers objets dans une vaine tentative de remettre les choses en ordre.

— Peut-être qu'on ne devrait rien toucher et appeler la police. Ils pourraient avoir besoin de relever des empreintes, suggéra Lola, restant près de Devlin au cas où les intrus seraient encore dans les parages.

— Oui, tu as raison. Bien que je doute que mes empreintes soient un problème. Tu ferais mieux de garder tes mains dans tes poches, suggéra-t-il.

Ils quittèrent sa chambre et allèrent dans la cuisine, puis dans le salon, la chambre de sa mère et la salle de bain. Tout était sens dessus dessous.

De retour dans le salon, Devlin tendit la main vers le téléphone et s'apprêtait à composer le 112.

— Attends, dit-elle et il reposa le combiné.

— Tu penses que je ne devrais pas appeler la police ? demanda Devlin.

— Je pense qu'on devrait appeler Phyllis. Je sais que c'est chez toi et que tu as dix-huit ans, mais j'ai un très mauvais pressentiment à propos de tout ça, dit Lola en se tordant les mains. Devlin acquiesça, décidant de lui faire plaisir. Lola sortit son téléphone portable et envoya un texto à Phyllis pour qu'elle les rejoigne dans la chambre de Devlin au Manoir et qu'elle lui réponde quand elle y serait. Quand son téléphone bipa, Devlin sortit sa clé et ouvrit une porte vers sa chambre, laissant entrer Phyllis.

— Oh mon Dieu, que s'est-il passé ici ? souffla-t-elle.

— Quelqu'un est entré par effraction, dit Devlin, énonçant l'évidence.

— Est-ce que quelque chose a été volé ? demanda Phyllis et Devlin secoua la tête négativement mais ajouta : — Pas que je puisse voir.

— Êtes-vous sûrs qu'ils sont partis ? s'enquit-elle. Quand Lola et

Devlin acquiescèrent tous les deux, elle posa sa dernière question : — Y a-t-il des signes d'effraction ? Fenêtre cassée, serrure forcée ?

— Je n'ai rien remarqué ici. Descendons, dit-il et il se dirigea vers une porte que Lola n'avait pas remarquée. Elle s'ouvrait sur un escalier qu'ils empruntèrent.

Au rez-de-chaussée, il y avait la porte principale qui menait à la rue, une porte menant à une buanderie et une autre menant au garage pour une voiture. La porte principale semblait intacte. Rien dans la buanderie ne semblait avoir été dérangé. Quand ils vérifièrent le garage, la petite VW Polo était à sa place.

En remontant à l'étage, ils passèrent de pièce en pièce, vérifiant les fenêtres et les portes à la recherche de signes d'effraction. Quand ils vérifièrent la chambre de sa mère, Phyllis s'arrêta au milieu de la pièce, humant l'air. — Devlin, est-ce que ta mère avait un petit ami ? demanda-t-elle en se tournant vers lui.

Devlin fit une grimace et rit. — Non, ma mère n'avait pas de petit ami. Pour autant que je sache, ma mère n'a fréquenté personne depuis une décennie ! s'exclama-t-il. Pourquoi demandes-tu ça ?

— J'ai un très bon odorat et je sens l'after-shave d'un homme. Ça pourrait être le tien ? demanda-t-elle.

— Je ne porte pas d'after-shave. Comme tu peux le voir, je n'ai pas beaucoup de barbe, répondit-il.

Phyllis fronçait les sourcils. — C'est une odeur familière. Un peu boisée, dit-elle et elle ferma les yeux en se concentrant et renifla l'air un peu plus. Lola et Devlin la fixaient simplement du regard.

On dirait un chien de chasse à la recherche d'indices, pensa Lola.

— Qu'est-ce que c'était ? lui demanda-t-il, les yeux écarquillés, en lui agrippant les épaules.

Elle le regarda avec perplexité. Il ferma les yeux et essaya de lui envoyer un message par télépathie. *Ce n'est pas très poli de dire ça à propos de Phyllis.* Les yeux de Lola faillirent sortir de leurs orbites. *Je ne l'ai pas dit à voix haute. Tu viens de lire dans mes pensées ?*

Quand Devlin répondit : — Oui !, la mâchoire de Lola tomba. Elle s'apprêtait à dire quelque chose à ce sujet quand les yeux de Phyllis s'ouvrirent brusquement et elle agrippa le bras de Lola.

— Donatelli ! cria-t-elle.

Au début, Lola ne situa pas le nom. Puis elle se souvint — l'enlèvement.

— Qui est Donatelli ? demanda Devlin.

Phyllis était devenue blanche et tremblait maintenant visiblement. Devlin la conduisit hors de la pièce et dans le salon, où il l'incita doucement à s'asseoir sur le canapé. Il lança un regard interrogateur à Lola.

Donatelli est le nom de l'homme qui l'a kidnappée à Florence, pensa Lola.

Le visage de Devlin se plissa de confusion. *Kidnappée ? J'aurai besoin de détails, plus tard. Que devrions-nous faire ?* pensa-t-il, s'habituant à ce nouveau moyen de communiquer avec Lola. Lola haussa les épaules et se tourna vers Phyllis.

— Phyllis ? demanda-t-elle, posant doucement une main sur l'épaule de sa tante. Ça va ? On devrait appeler Boris ?

À la mention de Boris, Phyllis sembla sortir de sa torpeur. — Boris ! Oui, Boris saura quoi faire, dit-elle, retrouvant sa confiance. Elle se leva et regarda Devlin.

— Appelle ton avocat et dis-lui ce qui s'est passé. Puisqu'il n'y a pas de dégâts et que rien n'a été volé, je ne pense pas qu'on ait besoin d'appeler la police. Un rapport de police serait nécessaire pour une déclaration d'assurance. Et je n'ose pas imaginer devoir expliquer tout ça à la police, dit Phyllis avec un frisson persistant. Phyllis sortit son téléphone et composa le numéro du bureau de Boris et fut immédiatement mise en communication. Elle résuma la situation.

Devlin est allé dans sa chambre pour appeler son avocat afin de le mettre au courant de l'effraction et lui demander d'entamer les procédures pour vendre la maison de ville et la voiture. Ils embaucheraient une équipe de nettoyage après qu'il ait emballé les choses qu'il voulait emporter dans sa nouvelle maison. Il a brièvement expliqué sa nouvelle situation familiale. À un moment donné, il est sorti pour demander à Phyllis le nom de leur avocat ainsi que l'adresse et le numéro de téléphone de leur domicile. Pendant qu'il était là, Phyllis lui a demandé l'adresse de sa maison de ville à donner à Boris. Devlin a fourni ces informations à son avocat et a raccroché.

Pendant ce temps, Phyllis avait donné l'adresse à Boris, et en quelques minutes, il sonnait à la porte de la maison de ville. Devlin est descendu pour le laisser entrer.

— C'est un plaisir de vous rencontrer, jeune homme. J'aurais aimé que ce soit dans des circonstances plus agréables. Pourriez-vous me faire faire un tour pour que je puisse vérifier les portes et les fenêtres ? Peut-être que je remarquerai quelque chose que vous et les autres n'avez pas vu, dit Boris.

— Oui, monsieur. Ce sera avec plaisir. Commençons par le bas, répondit Devlin, et Boris le suivit jusqu'au garage. Après avoir visité le rez-de-chaussée, ils montèrent à l'étage.

Pendant ce temps, Lola est allée à la cuisine et a préparé du thé. Cela aidait toujours Phyllis à se détendre et elle avait besoin de faire quelque chose. Elle a fouillé dans la cuisine et a trouvé des sachets de thé et des tasses. La bouilloire était sur la cuisinière. Ne trouvant pas de plateau, elle a mis des tasses avec du sucre et une cuillère sur une planche à découper et l'a posée sur la table basse. Phyllis a pris une des tasses avec gratitude. Lola n'était pas une grande buveuse de thé, mais elle s'est dit que ça ne pouvait pas faire de mal et que tenir la tasse lui donnerait quelque chose à faire.

Quand les hommes sont montés, Devlin a fait visiter chaque pièce à Boris, puis est venu s'asseoir avec les dames dans le salon. Boris a pris une tasse de thé, mais Devlin a refusé.

— L'intrus avait soit une clé de votre maison de ville, soit c'était une effraction magique. Phyllis pense que ça pourrait être le même homme qui l'a enlevée le mois dernier, mais je n'ai trouvé aucune autre preuve que l'odeur persistante. Quelqu'un était ici et a fait un désordre en essayant de trouver quelque chose. Savez-vous ce que ça pourrait être ? demanda Boris.

— Nous n'avons rien de valeur, répondit Devlin, complètement déconcerté. Ils étaient tous perplexes.

— Tout est sécurisé maintenant. Devlin a parlé à son avocat. Je pense que nous pouvons partir, il n'y a plus rien à faire ici, déclara Boris.

— Laissez-moi prendre mon téléphone et mon chargeur, et faire un sac avec l'essentiel, dit Devlin, se dirigeant vers sa chambre.

Pendant que Devlin fouillait dans le désordre à la recherche de ses affaires, Lola a partagé ses inquiétudes concernant une effraction magique avec les autres.

— Le Manuel du Voyageur dit qu'on ne peut pas Voyager dans la maison d'une autre personne. On arrive toujours à l'extérieur, dit Lola.

— Tu as raison, répondit Boris. Mais ça pourrait être un autre type d'effraction magique.

— Que voulez-vous dire ? demanda Phyllis.

— Un Voyageur n'a pas ouvert une porte dans la maison de ville. Mais cela ne signifie pas que lui, ou un complice, n'a pas utilisé un sort pour ouvrir la porte une fois arrivé à l'extérieur, répondit-il.

— Je n'avais pas pensé à ça, dit Lola. Par un complice, vous voulez dire un autre Voyageur ?

— Non, je veux dire une sorcière ou un sorcier. Je ne pense pas qu'ils enseignent ce genre d'incantation à L'Académie, dit gravement Boris.

Devlin est sorti de sa chambre avec un petit sac de sport. Par impulsion, Devlin a pris un morceau de papier et un stylo et a commencé à écrire ce qui ressemblait à une lettre.

— À qui écris-tu ? demanda Lola, regardant par-dessus son épaule. Il n'avait pas besoin de répondre car elle a vu qu'il écrivait au Directeur.

— Je pense que nous devrions l'informer de l'effraction, au cas où cela aurait un rapport avec son enquête en cours. Il lui a également parlé de l'incident de télépathie et l'a informé qu'il vivrait désormais au Manoir Evers. Il a plié la lettre comme on leur avait appris, l'a adressée au *Directeur Lianon, L'Académie* et ils ont attendu qu'elle disparaisse.

— Je suis prêt à rentrer à la maison maintenant, dit Devlin, lâchant le stylo et se levant. Il a attrapé son sac de sport et a fait un signe de tête à sa nouvelle famille.

Quand ils se sont tous regardés en se demandant qui allait faire les honneurs, Lola a sorti sa clé de son cou et sa porte est apparue. Ça semblait maladroit de les emmener dans sa chambre, et elle ne voulait pas se retrouver face à face avec Marie ou Jackson en allant à la Bibliothèque, alors elle les a emmenés dans la Salle d'Étude. De là, Boris et Phyllis sont allés dans sa chambre pour discuter avant que Boris ne retourne au travail. Phyllis leur a dit qu'elle les verrait au dîner.

CHAPITRE II
GARÇONS

On aurait dit qu'ils étaient partis pendant des heures, mais il n'était que quatre heures et demie. Il y avait largement le temps de prendre une douche et de se changer pour le dîner.

— Tu veux qu'on aille faire un petit tour dehors ? demanda Lola.

— Oui, je pense que ça m'aiderait à me vider la tête, répondit Devlin.

Lola prit son portable et ses clés de maison. Ils descendirent et sortirent par le vestibule. Lola lui expliqua comment fonctionnaient les clés de la maison, la puce et le système de sécurité, ajoutant qu'il aurait probablement ses propres clés plus tard dans la semaine.

Ils contournèrent le garage car ni l'un ni l'autre n'était prêt à affronter Jackson. Bien que Lola l'ait manqué, ses pensées étaient trop agitées pour que leurs retrouvailles soient confortables.

Ils prirent le chemin et s'arrêtèrent près du kiosque, de la piscine et du pool house, du jardin de Phyllis, et de la maison d'hôtes. Lola expliqua que c'était là que vivraient la prochaine gouvernante et le prochain jardinier.

— C'est une maison très chaleureuse et accueillante. Jackson n'y vit pas ? demanda-t-il, remarquant les draps sur les meubles pour les protéger de la poussière.

— Non, il a un appartement au-dessus du garage, répondit Lola.

— Tu y es déjà allée ? demanda Devlin d'un ton appuyé.

Lola rougit et hocha la tête. Voulant changer de sujet, ils quittèrent la maison et se dirigèrent vers la zone boisée.

Alors qu'ils approchaient du milieu du chemin, Lola lui expliqua que c'était l'endroit où son père lui était apparu pour la première fois et comment elle s'était évanouie.

— Je pense que c'est à ce moment-là que les épisodes d'évanouissement ont commencé, en fait, dit-elle en riant.

Devlin lui demanda de lui raconter tout ce dont elle se souvenait du temps passé avec leur père.

Elle lui parla de l'étude des Archives, de l'enlèvement, du Conseil, et enfin de sa fête d'anniversaire.

— Ça a été une période assez mouvementée pour toi, dit Devlin.

— Oui, en effet, répondit Lola.

Ils tombèrent dans le silence et continuèrent à marcher.

— Au fait, qu'est-ce que c'est que cette histoire de télépathie ? demanda soudainement Lola, se souvenant de ce qui s'était passé à la maison de ville.

— Je ne sais pas ! s'exclama Devlin. Une fois, dans le bureau du directeur, il a dit que j'avais une prédisposition pour ça.

— Moi aussi ! dit Lola.

Ils en discutèrent tout en marchant et s'entraînèrent à le refaire au cas où ça aurait été un coup de chance. Mais ce n'était pas le cas. Bientôt, ils étaient de retour sur les pelouses et ils se dirigèrent vers la maison, entrant par les portes coulissantes de la terrasse.

L'arôme alléchant de l'ail en train de grésiller les conduisit à la cuisine où Phyllis préparait le dîner. Les apercevant, elle sourit.

— Qu'est-ce qu'on mange ce soir ? demanda Lola.

— Filet mignon en croûte de noix de pécan avec un chutney à l'ananas et à la mangue, servi avec une salade verte, répondit-elle.

— Ça a l'air délicieux ! s'exclama Devlin, les yeux brillants à cette perspective.

— Avec une tarte aux noix de pécan en dessert ! ajouta Phyllis, souriant fièrement en faisant un signe de tête vers le four.

Lola et Devlin répondirent en même temps : « Mon préféré ! » Ils se regardèrent et éclatèrent de rire.

— Je sais, répondit Phyllis, un sourire satisfait sur le visage. Maintenant, allez vous changer. Nous avons beaucoup de choses à nous dire, dit Phyllis en les chassant de la cuisine.

Juste avant de quitter la cuisine, Lola répliqua : — Tu n'as pas idée !

LOLA METTAIT ses boucles d'oreilles quand on frappa à la porte. Pensant que c'était Devlin, probablement nerveux à l'idée de descendre seul, elle lança : — Entre ! Elle vérifia une dernière fois son apparence et se dirigea vers son salon. Elle s'arrêta net, bouche bée.

Ce n'était pas Devlin, c'était Jackson. Il se tenait près de la porte, les mains jointes derrière le dos, l'attendant.

— Jackson, souffla-t-elle.

— Lola, répondit-il doucement.

Leurs regards se croisèrent et Lola se sentit attirée vers lui. Ses pieds commencèrent à l'entraîner vers lui et ne s'arrêtèrent qu'à quelques centimètres.

— Tu m'as manqué, dit-il, son haleine mentholée rafraîchissant ses joues brûlantes.

— Toi aussi, dit-elle sincèrement. Il était si beau dans son pantalon gris et sa chemise lavande pâle. Lola observa la peau nue à la base de sa gorge où sa chemise était ouverte. Ses lèvres s'entrouvrirent et ses yeux remontèrent pour rencontrer les siens. Il se pencha et posa doucement ses lèvres sur son front. Puis, il l'enveloppa dans une étreinte chaleureuse et dit : — Bienvenue à la maison.

On frappa de nouveau à la porte. Le visiteur n'attendit pas de réponse et entra directement.

— Oh, désolé, dit Devlin, bien qu'il n'eût pas l'air désolé. J'interromps quelque chose ? demanda-t-il gaiement.

— Pas du tout, répondit Jackson d'une voix traînante, gardant Lola dans ses bras. Lola se dégagea et lui lança un regard qui disait *Qu'est-ce qui ne va pas chez toi ?* Elle s'approcha de Devlin.

— Devlin, je te présente Jackson, un bon ami de la famille, dit-elle. Et Jackson, voici Devlin, mon frère, dit-elle, rayonnante.

— Ravi de faire votre connaissance, dit Devlin. Il tendit la main à Jackson, qui la serra.

— Demi-frère présumé, répliqua Jackson. De même, j'en suis sûr.

La tension était palpable et mettait Lola mal à l'aise. Mais elle préférait qu'ils règlent ça ici, plutôt qu'en bas devant Phyllis.

— Ce n'est pas encore l'heure de descendre, Devlin. Tu avais besoin de quelque chose ? demanda Lola.

— Lola, cette chemise n'a pas de boutons aux manches, dit-il en montrant son poignet droit.

— Ah, oui. Je crois que tu es censé mettre des boutons de manchette. Regarde dans le tiroir où il y a les cravates, dit-elle. Puis, voyant son expression perplexe, elle ajouta : — Je vais venir t'aider. Tu peux me laisser un moment avec Jackson ?

— Je ne pense pas qu'il soit approprié que Jackson soit seul avec toi dans ta chambre, s'exclama-t-il. Lola fit une grimace et dit dans sa tête *Ne recommence pas avec ça !* Il ouvrit la porte et l'attendit dans le couloir mais il ne ferma pas la porte.

— Jackson, descends. Je vais aider Devlin et on arrivera bientôt, dit-elle. Elle posa une main sur son bras et ajouta : — On aura l'occasion de parler plus tard.

Il l'embrassa sur la joue et quitta la pièce, saluant Devlin d'un hochement de tête raide en partant.

Lola prit une profonde inspiration, redressa les épaules et suivit Devlin dans sa chambre. Ils trouvèrent des boutons de manchette en or dans un petit tiroir qu'ils avaient manqué. Il contenait aussi ce qui ressemblait à la montre de Simon. Ni la montre ni les boutons de manchette n'avaient l'air neufs.

Avec révérence, Devlin enleva sa montre de sport et mit celle de Simon. Puis Lola l'aida avec les boutons de manchette.

— Comment je suis ? demanda-t-il en faisant un tour sur lui-même. Il portait un pantalon habillé d'un bleu assez audacieux et une chemise bleu pâle, ouverte au col comme celle de Jackson.

— Parfait ! s'exclama Lola. Vérifiant sa propre montre, elle le pressa vers la porte. Il ne fallait surtout pas être en retard.

ILS PRIRENT l'apéritif sur la véranda couverte et, à part quelques moments gênants entre Devlin et Jackson, tout se passa bien.

Une fois à table, leur conversation tourna principalement autour de leurs deux semaines à l'Académie. Jackson n'avait pas grand-chose d'intéressant à raconter et Phyllis partagea qu'elle avait passé la plupart de son temps avec Boris.

Jackson n'aborda pas le sujet de l'apparition soudaine de Devlin et Phyllis ne mentionna rien à propos du Conseil ou de ses discussions avec le directeur. Il n'y eut évidemment aucune mention de Tom, et ni Lola ni Devlin ne parlèrent de leurs nouvelles capacités télépathiques.

En somme, c'était un dîner dominical familial typique où tout le monde faisait la conversation et balayait le reste sous le tapis.

Après le dîner, Jackson demanda à Lola si elle voulait l'accompagner pour une promenade. Lola déclina, disant qu'elle était fatiguée et avait hâte de dormir dans son propre lit.

Une fois qu'il fut parti, Phyllis dit qu'elle se dirigeait vers la bibliothèque et s'apprêtait à leur souhaiter bonne nuit quand Lola dit qu'elle et Devlin allaient se joindre à elle un petit moment, si ça ne la dérangeait pas. Curieuse, Phyllis sourit malicieusement et se dirigea vers la bibliothèque.

— Phyllis boit du brandy et lit dans la bibliothèque tous les soirs, expliqua Lola à leur arrivée.

Devlin hocha la tête d'un air appréciateur. — Tu en veux un ? demanda Phyllis, en lui tendant la bouteille.

— Non, merci, répondit poliment Devlin.

Phyllis s'en servit un et alla s'asseoir au bureau, leur faisant signe de s'installer dans les fauteuils. — Bon, qu'est-ce qu'il y a ? demanda

Phyllis en allumant un cigare. Je voyais bien qu'il y avait quelque chose qui vous préoccupait pendant le dîner, dit-elle en soufflant la fumée et en posant ses pieds sur le bureau.

Lola et Devlin se regardèrent, mais aucun ne dit mot.

— Si c'est à propos des Clés, des Archives et de votre directeur, j'ai bien peur qu'il soit beaucoup trop tard pour avoir cette discussion. Peut-être pourrions-nous la reporter à demain ? suggéra-t-elle.

— Oui. Enfin, non. On peut parler de ça et d'autres choses demain, dit Lola.

— Lola et moi pouvons communiquer par télépathie, lâcha Devlin.

Phyllis faillit s'étouffer avec son brandy. Ses pieds tombèrent au sol et sa tête se redressa brusquement. — Répète ça, mon chou ? réussit-elle à articuler.

Ils expliquèrent alors comment le directeur les avait testés tous les deux individuellement mais ne leur avait rien dit, si bien qu'ils n'en avaient pas discuté. Elle hochait maintenant la tête, comme si elle était d'accord avec eux.

— C'était comme ça entre Simon et moi. On ne communiquait pas comme vous le faites, mais on savait toujours ce que l'autre pensait, ou parfois ressentait. On avait un lien. Je pense que c'est une version plus développée de ça, réfléchit-elle.

— Autre chose ? demanda-t-elle en se levant et en s'approchant d'eux. Ils secouèrent la tête et se levèrent aussi.

Elle les prit chacun dans ses bras et leur souhaita bonne nuit. Elle les invita à la rejoindre pour une séance de méditation et de yoga le lendemain matin.

Lola et Devlin acquiescèrent et laissèrent Phyllis à son rituel nocturne.

En arrivant aux escaliers, ils remarquèrent que leurs malles étaient arrivées dans l'entrée. Ni l'un ni l'autre n'avait envie de les monter ce soir-là, alors ils les laissèrent là. Devlin suggéra qu'ils trouvent un moyen de les faire monter avec leurs clés et Lola rit mais approuva. Devlin ouvrit sa malle et prit quelques affaires personnelles avant qu'ils ne montent à l'étage.

— Devlin, ça ne te dérange pas si on dort dans nos chambres

respectives ce soir ? Je suis vraiment fatiguée, dit Lola. Je sais que c'est ta première nuit ici..., ajouta-t-elle sans finir sa phrase.

— Ne t'inquiète pas pour moi. Ce soir, je dors dans une chambre avec un lit digne d'un roi. Je vais dormir comme un monarque ! répondit-il en écartant largement les bras. Lola rit.

Lola lui fit un câlin pour lui souhaiter bonne nuit et se glissa dans sa chambre.

CHAPITRE 12
SILENCE

Devlin se réveilla dans un état d'hypervigilance. Il se redressa brusquement et regarda autour de lui, cherchant ce qui l'avait réveillé. Il n'avait pas mis de réveil et la chambre était silencieuse, vide. Il s'appuya contre les oreillers et essaya de se rappeler ce dont il avait rêvé, mais il n'y arrivait pas. Il se sentait alerte, mais pas anxieux ou effrayé. Peut-être avait-il simplement très bien dormi et était-il extrêmement reposé.

Il regarda sa montre et vit qu'il était déjà sept heures trente. Il se souvenait s'être couché à vingt et une heures trente la veille, épuisé. Il ne se rappelait pas la dernière fois qu'il avait dormi dix heures d'affilée. Il se sentait bien.

À quelle heure Phyllis avait-elle dit qu'elle faisait sa méditation matinale ? Il pensait que c'était à huit heures. En regardant par la fenêtre, il vit qu'il faisait beau, ce qui signifiait qu'elle serait dans le kiosque. Il se leva, fit son lit et alla à la salle de bain. Il se brossa les dents, prit un short et un t-shirt dans son sac de voyage, et enfila ses sandales en cuir.

Dans le couloir, il s'arrêta devant la chambre de Lola, se demandant s'il devait frapper ou non. Lola avait dit qu'elle était très fatiguée, peut-être avait-elle prévu de faire la grasse matinée. Il continua son chemin et alla rejoindre Phyllis dans le kiosque.

Elle était en train d'installer trois tapis de yoga et trois coussins de méditation.

— Bonjour, tonna Devlin.

Phyllis sursauta, laissa tomber un coussin et sa main droite vola à son cœur.

— Maintenant, mon chou, il faut que tu apprennes à ne pas surprendre les gens comme ça, le gronda Phyllis, s'éventant avec sa main.

Le visage souriant de Devlin s'assombrit.

— Je m'excuse de vous avoir effrayée. C'est justement ce que je voulais éviter en disant bonjour, dit-il, l'air peiné.

— Ne sois pas désolé, mon chéri. J'étais dans mes pensées et je n'aurais pas remarqué un troupeau d'éléphants avant qu'ils ne soient juste à côté de moi. Je suis juste bête. Laisse-moi recommencer, dit Phyllis, se remettant de son choc. Bonjour, Devlin. As-tu bien dormi ? roucoula-t-elle, lui faisant signe d'entrer dans le kiosque.

Devlin s'avança avec hésitation et répondit :

— J'ai dormi comme un roi et me suis réveillé dans un palais.

— J'en suis ravie. As-tu vu Lola ? demanda-t-elle.

— Non, je n'ai pas osé frapper à sa porte au cas où elle ferait la grasse matinée, répondit-il.

Phyllis regarda sa montre. Il était sept heures cinquante, ils avaient encore quelques minutes. Elle expliqua sa routine à Devlin et il acquiesça. Il lui parla de ses séances de méditation avec sa mère avant qu'elle ne décède.

— Comment vas-tu ? Je suppose que tu as eu encore moins de temps que Lola pour tout assimiler, avec la convocation à l'Académie, demanda-t-elle.

— C'était la meilleure chose qui pouvait m'arriver. J'aurais pu trop y penser, ou me sentir perdu, ne sachant pas quoi faire. Je venais de terminer l'école secondaire, sans projets d'université parce que nous n'en avions pas les moyens. J'aurais fini par devoir chercher un emploi, répondit-il. Il vit le regard de Phyllis changer et se retourna pour voir Lola s'approcher d'eux en pyjama rose et pantoufles lapin. Il se mit à rire et elle fronça les sourcils.

70

— Tu te moques de moi, dès le matin ? demanda-t-elle, faisant clairement semblant d'être contrariée.

— Je suis désolé, Lola, mais tu ressembles à une enfant de six ans, dit-il, couvrant sa bouche de sa main pour cacher son hilarité.

— Et ça commence, dit Phyllis d'un air navré. Tu viens d'avoir ton premier aperçu de la fratrie. Je crois que c'est le privilège du grand frère de taquiner sa petite sœur, ajouta-t-elle en tapant des mains de joie.

— En effet, dit Devlin, rayonnant de fierté.

— Peut-on méditer maintenant, ou vous voulez continuer à vous liguer contre moi ? demanda Lola. Dois-je rappeler à tout le monde que je ne suis pas du matin et que cette routine se fait habituellement dans un silence et une sérénité totale, s'exclama-t-elle, tout sauf sereine.

— Tout à fait. Commençons, dit Phyllis en s'asseyant sur son coussin et en réglant le minuteur sur vingt minutes.

Lola et Devlin s'assirent sur leurs coussins respectifs et se détendirent pour la méditation. Quand le minuteur sonna, ils mirent les coussins de côté et Phyllis les guida à travers une série d'asanas pendant vingt minutes supplémentaires.

Une fois terminé, Lola vit que Devlin était sur le point de recommencer à parler sans arrêt. Elle leva une main pour l'arrêter. Elle posa un doigt sur ses lèvres et chuchota :

— Pas de conversation avant le café. On se voit au petit-déjeuner.

Elle garda sa main en place pour s'assurer qu'il reste immobile et retourna vers la maison.

Phyllis et Devlin attendirent qu'elle ait fermé la porte coulissante avant de reprendre leur conversation.

— Elle n'est vraiment pas du matin, constata Devlin et Phyllis éclata de rire.

— Non, vraiment pas. Mais toi si, je suis heureuse de le constater, dit-elle en se penchant pour rouler son tapis de yoga et le ranger dans un des bancs du kiosque qu'ils utilisaient comme rangement. Devlin roula le tapis de Lola et le sien et ramassa les trois coussins pour les ranger.

Ils retournèrent vers la maison, bras dessus bras dessous, en bavardant de choses et d'autres.

MALGRÉ SA GRANDE FATIGUE, Lola n'avait pas bien dormi, et être accueillie par deux pipelettes quand elle était descendue pour méditer n'avait pas arrangé les choses. Elle aurait dû aller à la salle de sport toute seule. Elle s'était habituée à sa routine matinale en solo à l'Académie.

Elle avait besoin de café, et vite. Au lieu de monter pour se doucher et s'habiller pour la journée, elle fit un détour par la véranda où le petit-déjeuner était servi le matin. Elle voulait juste se faufiler, prendre une tasse et la monter dans sa chambre. Mais la vie n'était jamais aussi simple. Jackson était à table, lisant le journal. Il leva les yeux et sourit.

— Bonjour, ma belle ! s'exclama-t-il.

Lola ferma les yeux et soupira.

— J'ai juste besoin d'une tasse de café, ensuite je serai sociable. D'accord ? supplia-t-elle, mais n'attendit pas de réponse. Elle fonça vers le buffet, attrapa une tasse, versa du café, ajouta un peu de crème et laissa tomber un morceau de sucre dedans. Elle prit une longue gorgée, remplit à nouveau sa tasse et marmonna « À plus tard ! » en quittant rapidement la pièce.

Elle aurait dû prendre toute la carafe et s'enfermer dans sa chambre pour la matinée jusqu'à ce que son humeur s'améliore. Mais alors, elle mourrait de faim. Peut-être pourrait-elle utiliser sa clé, appeler une porte vers la véranda avec une fenêtre, vérifier si quelqu'un s'y trouvait, remplir son assiette et retourner dans sa chambre, sans que personne ne s'en aperçoive. Elle rit intérieurement. *Voilà, ce n'était pas si difficile. Il suffit de penser à des choses joyeuses ou drôles !*

Elle voulait s'arrêter pour prendre son livre dans sa malle en chemin, mais elle craignait que Jackson ne passe par là en sortant. Elle le prendrait plus tard. De plus, elle devait écrire à Jane pour lui dire qu'elle était revenue du camp. Elle n'avait vraiment aucune idée de ce qu'elle pourrait lui raconter d'autre. Elle pourrait lui parler de Devlin. Et elle pourrait lui parler de Tom. Ce serait suffisant pour alimenter de nombreuses conversations ou échanges par e-mail, selon ce qui serait le plus pratique.

De retour dans sa chambre, Lola se dirigea directement vers son alcôve et s'assit dans le fauteuil pour siroter son café et regarder par l'immense fenêtre en baie. Elle prit de profondes inspirations et commença à se détendre. Puis elle se souvint de son journal et le sortit. Elle fit quelques essais de griffonnage sur un morceau de papier avec l'encre et la plume, puis commença à écrire de sa plus belle écriture. Elle commença par faire une liste de toutes les choses pour lesquelles elle était reconnaissante dans sa vie. Le café, la nourriture délicieuse, Phyllis, son père, Devlin, Jackson, Tom, Sara, ses nouveaux amis à l'école, le Voyage, le Manoir, internet et l'électronique, la Magie, les baisers . . .

Ce dernier mot ramena ses pensées vers Jackson. Et Tom. Comment embrasser ces deux garçons pouvait-il être si agréable et pourtant si complètement différent ? *Bah, parce que ce sont des personnes différentes, génie !* C'était vrai qu'ils étaient différents, mais la mécanique aurait dû être la même. Deux paires de lèvres qui se touchent. Cela dit, on pouvait dire la même chose des câlins. Deux corps chauds qui s'enlacent, c'était agréable, mais il y avait une énorme différence entre faire un câlin à un parent, un frère ou une sœur, ou même un ami, et faire un câlin à quelqu'un qu'on aimait. Quelqu'un par qui on était attiré.

Lola soupira et posa sa plume. Assez de ça. Elle finit de siroter son café dans une contemplation silencieuse. Vérifiant l'heure, elle ouvrit rapidement l'ordinateur portable et consulta ses e-mails.

Jane avait répondu à son bref e-mail concernant son départ pour le camp. Elle avait rencontré un garçon au travail. Il s'appelait Mike et il allait étudier l'ingénierie biochimique à Johns Hopkins. Ils étaient sortis ensemble à quelques reprises et les choses se passaient bien.

Lola lui donna une version édulcorée de la façon dont elle avait découvert que Devlin était son demi-frère et un compte rendu détaillé de sa relation naissante avec Tom. Elle mentionna également la tension entre elle et Jackson le jour de son départ pour le camp et leurs retrouvailles torrides à son retour. Lola voulait désespérément savoir si cela faisait d'elle une dévergondée. Jane le saurait.

Elle envoya l'e-mail, puis vit que Sara avait écrit un rapide bonjour pour confirmer son adresse e-mail. Lola lui envoya une brève réponse et ferma l'ordinateur portable.

Elle redescendit dans sa chambre et se dirigea vers la salle de bains pour se doucher. Elle resta longtemps sous le jet, savourant la chaleur et le martèlement des jets sur son cou et son dos. Après sa douche, elle se sentait revigorée et prête à affronter le monde. Elle brossa ses cheveux et les laissa sécher à l'air libre.

Elle entra dans son dressing et sourit. — Vous m'avez manqué, dit-elle à ses beaux vêtements en essayant de décider quoi porter. Elle doutait qu'ils aient des projets pour la journée, et il avait fait assez chaud dehors ce matin. Elle choisit une jolie robe d'été avec des fleurs jaunes et violettes et enfila une paire de sandales blanches. Elle ajouta une petite paire de boucles d'oreilles en or pour compléter l'ensemble. Assez élégante pour une sortie si on en proposait une, et assez décontractée pour se prélasser dans le hamac avec son livre.

Elle accrocha sa serviette dans la salle de bains, récupéra sa tasse de café et se dirigea vers le petit-déjeuner. Lola 2.0.

CHAPITRE 13

LA ROUTINE

Lola entra d'un pas léger dans la véranda, le sourire aux lèvres. Elle avait vraiment besoin de commencer la journée avec au moins une heure pour elle-même. Maintenant que Devlin allait vivre ici, Lola ne se sentirait plus coupable de ne pas passer chaque instant éveillée avec Phyllis. Ironiquement, elle pensait que Phyllis ressentirait la même chose : que Devlin et Lola pourraient passer du temps ensemble pendant qu'elle serait avec Boris. Et Devlin, lui, était simplement heureux d'avoir un foyer et une famille. Lola était à peu près sûre qu'il serait d'accord pour à peu près tout.

— Voilà la Lola dont je me souviens ! Bonjour, ma chérie ! dit Phyllis chaleureusement.

— Je n'ai aucune idée de ce à quoi tu fais allusion, répondit Lola d'un air espiègle. Elle s'approcha de Phyllis et lui déposa un baiser sur la joue.

— Je ne comprends pas. Tu étais toujours de bonne humeur le matin à l'école ; peut-être as-tu une glycémie basse et manger fait de toi une personne plus agréable, dit Devlin, si sincèrement que Lola ne put s'en offenser.

— C'est parce que je me levais aux aurores avant que les autres filles ne soient debout. Je méditais, je faisais un peu de yoga, je buvais

75

une ou deux tasses de café, puis j'allais prendre le petit-déjeuner. Ce n'est pas que je ne sois pas du matin, c'est que je ne suis pas une personne sociable ! Elle rit, et Devlin hocha la tête, comme s'il archivait cette information pour un usage ultérieur.

Il était déjà allé au buffet et son assiette était pleine. Lola apporta sa tasse pour la remplir et la posa sur la table avant de retourner remplir son assiette. Les muffins et les confitures maison de Marie lui manquaient. Elle respira la bonne odeur de pain frais en le mettant dans son assiette. Elle prit un bol et y versa du yaourt grec, puis ajouta du granola et quelques baies. *Ce serait un bon début*, pensa-t-elle en allant rejoindre les autres.

— Alors, quel est le programme aujourd'hui, et d'ailleurs, cette semaine ? demanda Lola entre deux bouchées de yaourt.

— Je n'ai accepté aucune invitation ni n'en ai lancé aucune avant vendredi, pour que vous puissiez vous installer tous les deux. Cependant, M. Radcliff, notre avocat, se joindra à nous pour le dîner ce soir. Il a quelques sujets à discuter avec nous et, d'après ce que tu m'as dit hier soir, il semble que nous en ayons aussi quelques-uns à discuter avec lui, dit-elle. Alors gardons ces sujets sensibles pour ce soir, ajouta-t-elle.

— Une fois que nous aurons tout réglé, nous ferons des plans pour t'installer correctement, Devlin. Mais je suppose que tu as ce dont tu as besoin pour l'instant ? demanda-t-elle.

— Oui, j'ai tout ce dont j'ai besoin, dit-il. Puis il se souvint qu'il y avait quelque chose qu'il voulait demander.

— Lola m'a dit que vous ne conduisez pas, et elle n'a pas encore son permis, commença-t-il. J'ai fait des recherches sur internet, et mon permis de conduire suédois est valable jusqu'à six mois en Virginie. Après cela, je devrai faire une demande de permis de conduire américain, expliqua-t-il. Ainsi, nous n'aurons pas besoin de compter sur Jackson tout le temps pour nous conduire. Il pourra rester à votre disposition, comme il se doit, conclut-il.

— Oh, oui. Je n'y avais pas pensé. Ce sera utile d'avoir un conducteur supplémentaire sous la main. Rappelle-moi de te faire ajouter à notre police d'assurance, dit Phyllis, distraitement. En attendant que ce soit réglé, tu devras te débrouiller avec Jackson si tu veux aller en ville, dit-elle.

— Il n'y a pas d'urgence. Je suis tout à fait content ici d'apprendre à connaître d'aussi charmantes dames, dit Devlin avec un sourire complètement ingénu. Phyllis sourit et posa sa main sur la sienne.

— Laissez-moi juste récapituler notre routine de maison. Je médite et fais du yoga tous les matins à huit heures. Vous êtes libres de vous joindre à moi aussi souvent que vous le souhaitez, pas besoin de me prévenir à l'avance.

— Marie arrive vers sept heures trente et le petit-déjeuner est installé dans la véranda pour huit heures. Jackson vient généralement prendre son petit-déjeuner vers huit heures trente ou neuf heures. Je prends mon petit-déjeuner à dix heures. Il n'y a pas d'heure fixe pour le déjeuner, et aucun repas n'est préparé, bien que le garde-manger soit bien approvisionné. Si vous voulez quelque chose de spécial à préparer, vous devez le faire savoir à Marie avant neuf heures. Idéalement la veille au soir. Par exemple, si vous voulez qu'elle prépare un panier de pique-nique, ou un déjeuner froid à emporter pour une randonnée.

— Elle nettoie les pièces du haut de neuf heures à onze heures et s'occupe des pièces du bas et de la lessive de onze heures à une heure. Ensuite, elle prépare le dîner et fait tous les préparatifs nécessaires pour le lendemain. Elle part à deux heures trente.

— L'après-midi, je me retire généralement dans ma chambre et ne dois pas être dérangée. Je me repose ou je Voyage. Le dîner est à six heures trente précises. Les cocktails sont à six heures, mais ne sont pas obligatoires sauf si nous avons des invités, conclut Phyllis.

— En gros, on peut faire ce qu'on veut tant qu'on est convenablement habillés et à l'heure pour le dîner, gloussa Lola.

— Eh bien, oui. Dans la limite du raisonnable, bien sûr. Comme tu es mineure, Lola, et que je suis en fin de compte responsable de toi, je préférerais que tu ne fasses pas trop de bêtises, dit Phyllis.

— Juste un peu de bêtises, dit Lola avec un clin d'œil.

— Je suis là maintenant et je peux veiller sur ma sœur, dit Devlin, avec un hochement de tête confiant.

Lola le regarda de travers et soupira.

— Bref. Quels sont les projets pour le week-end ? demanda Lola, ramenant la conversation à un sujet plus intéressant.

— J'ai invité les Maxwell à dîner vendredi. Tu te souviens de Matthew et Sheila ? demanda Phyllis à Lola.

— Oui, ils sont vraiment sympas. Je crois que Sheila a dix-neuf ans et Matthew dix-sept. Tu vas les aimer, dit-elle à Devlin, qui se contenta de sourire et d'acquiescer.

— Et samedi ? demanda Lola.

— Nous avons été invités à une fête chez les Compton à Virginia Beach. Ils n'ont pas d'enfants de votre âge, mais ils ont invité des familles qui en ont, y compris les Maxwell. Pensez-vous que vous serez partants ? demanda Phyllis.

— Qu'est-ce qu'implique une fête à la maison ? demanda Devlin.

— Les invités arrivent à partir du déjeuner le samedi et partent après le brunch du dimanche. C'est à seulement une heure de route, donc nous pourrions rentrer quand nous le voudrions si nous gardions la voiture. Sinon, Jackson nous déposerait et viendrait nous chercher le lendemain, expliqua Phyllis.

— Tu m'as eue à "plage", s'exclama Lola, en faisant une petite danse sur sa chaise.

— Ça a l'air amusant. J'adorerais y aller, approuva Devlin, en riant de Lola.

— Merveilleux ! Je vais confirmer à Maisy. J'avais accepté provisoirement et je lui avais dit que je voulais vérifier avec vous, répondit Phyllis. Puis, se tournant vers Devlin, elle demanda : — As-tu un maillot de bain ?

— Oui, j'en ai un, répondit Devlin.

— Si tu as besoin d'un maillot supplémentaire, il y a une pile de nouveaux maillots de différentes tailles dans la pool house. On les garde à disposition pour les invités. Choisis celui qui te plaît et il est à toi ! Tu y trouveras aussi des serviettes. Bien que les serviettes de plage et de piscine soient généralement fournies lors des fêtes à la maison, expliqua Phyllis.

— Que devrions-nous emporter ? demanda Lola.

— Le dîner devrait être un barbecue en plein air. Si tu as une robe d'été un peu plus habillée que celle-ci, ce serait parfait. Apporte un pantalon et un pull pour après la tombée de la nuit. Il peut faire frisquet. Il devrait y avoir un feu de camp sur la plage, et peut-être des feux d'artifice. Pour toi, Devlin, une chemise à manches courtes et un beau bermuda pour le barbecue. Pour le brunch du lendemain, une robe de garden party pour toi, Lola, et une tenue comme celle que tu portes ce soir pour toi, Devlin, mais dans des couleurs plus claires, dit-elle. Voyant leurs visages paniqués, elle ajouta : Je passerai dans vos chambres jeudi et si nous devons faire du shopping, nous irons cet après-midi-là.

Sur ce, Phyllis se leva, apporta sa vaisselle dans la cuisine et leur dit qu'elle serait dans le jardin s'ils avaient besoin d'elle.

Lola et Devlin terminèrent leur petit-déjeuner et discutèrent de leurs plans pour la journée.

— La première chose à l'ordre du jour est de monter nos malles dans nos chambres, dit Devlin.

— Oui ! Sauf qu'il vaut mieux attendre que Marie soit partie pour la journée, à moins que nous ne prévoyions de les porter nous-mêmes. Mais je ne pense pas que c'est ce que tu voulais dire, répondit Lola.

— Oh, oui, je vois, dit Devlin, se tournant vers la cuisine, mais Marie n'y était pas.

— Et elle est probablement dans nos chambres en ce moment de toute façon. Tu veux qu'on aille chercher nos maillots de bain et qu'on aille à la piscine ? suggéra Lola.

— Oui, bonne idée. Ils nous ont tellement occupés ces deux dernières semaines que je me sens agité, dit Devlin.

— Je sais, moi aussi ! Je pense que je vais apporter un livre à lire si ça ne te dérange pas, dit-elle.

— Je ferai de même, répondit-il.

Ils montèrent et dirent qu'ils se retrouveraient à la piscine dans quinze à vingt minutes.

79

ILS ÉTAIENT ALLONGÉS au bord de la piscine, lisant tranquillement à l'ombre d'un parasol. Devlin était encore plus pâle que Lola, alors c'était à son tour d'insister pour qu'il mette de la crème solaire. Ils s'en appliquèrent mutuellement dans le dos, ce qui fut légèrement gênant. Bien qu'ils se soient immédiatement sentis à l'aise lorsqu'ils s'étaient rencontrés, vivre ensemble comme frère et sœur était un tout autre niveau d'intimité qui demanderait du temps pour s'y habituer.

La bonne nouvelle était qu'ils avaient tous deux été élevés comme enfants uniques et étaient habitués à être seuls. Ils étaient tous deux matures pour leur âge, responsables et autonomes dans une certaine mesure. Bien que Devlin soit évidemment une personne sociable à tout moment de la journée, il n'allait pas être collant. Lola pensait qu'il prenait le rôle de grand frère protecteur un peu trop au sérieux, mais elle se dit que si les rôles avaient été inversés, elle aurait peut-être agi de la même façon. Ça devait être amusant d'avoir un petit frère ou une petite sœur. En l'occurrence, ils n'avaient que deux ans d'écart et avaient suivi tous les mêmes cours à l'Académie pendant qu'ils y étaient. Lola considérait donc Devlin comme étant de son âge. Cependant, ces deux années supplémentaires pouvaient être riches en expériences de vie. Sans parler du permis de conduire.

— Tu avais une petite amie en Suède ? demanda Lola, avant qu'elle ne puisse s'en empêcher.

Devlin, qui était absorbé par son livre, leva la tête et dit :

— Pardon ?

Lola répéta sa question et il secoua la tête négativement.

— As-tu déjà eu une petite amie ? Avec qui es-tu allé au bal de promo ? Y a-t-il un bal de promo à la fin du lycée ? demanda Lola, se redressant, son livre oublié sur ses genoux.

Devlin marqua sa page et posa son livre sur la table entre eux. Un sourire se dessina sur son visage alors qu'il se souvenait.

— Oui, il y a un bal de promo en Suède. J'y suis allé avec Astrid, une très jolie blonde. C'était ma petite amie à l'époque, bien que ce ne fût pas ma première, répondit-il.

— Que s'est-il passé ? Pourquoi avez-vous rompu ? Depuis combien de temps sortiez-vous ensemble ? demanda Lola, ses nouvelles questions sortant aussi rapidement que la première série.

— Nous sortions ensemble depuis le début du lycée. Pour toi, ce serait l'équivalent de la première ou deux années scolaires. Elle est partie le lendemain du bal pour Paris parce qu'elle avait un contrat de mannequin. Elle allait partager un appartement avec d'autres mannequins, dit-il.

— Tu veux dire pour l'été ? demanda Lola.

— Non, elle y a déménagé définitivement. Elle fait du mannequinat depuis ses quatorze ans et ses parents ont insisté pour qu'elle termine ses études secondaires. Alors elle prenait des contrats pendant les vacances d'été et les autres vacances scolaires. Une fois, elle a manqué tout un mois d'école parce qu'elle a obtenu un très petit rôle dans un film, expliqua-t-il.

Lola sortit son téléphone et dit :

— Comment s'appelle-t-elle ?

— Astrid Berggren, répondit Devlin, et les doigts de Lola volèrent sur le téléphone. Sa mâchoire tomba et elle retourna le téléphone pour vérifier qu'elle avait la bonne fille.

— C'est elle ? couina-t-elle. Devlin regarda la photo et fit un triste sourire accompagné d'un hochement de tête.

— Oh. Mon. Dieu. Tu es sorti avec un top model ! dit-elle, complètement fascinée alors qu'elle faisait défiler photo après photo sur son téléphone. Puis, réalisant que cela pouvait être douloureux pour Devlin, elle ferma son téléphone et le posa sur la table.

— Je suis désolée que ça n'ait pas marché, dit-elle avec sympathie.

— Nous n'étions jamais vraiment amoureux. Elle était plus une meilleure amie, et c'est ce qui m'a attristé quand elle est partie. Mais ensuite je suis allé à l'Académie et je t'ai rencontrée, toi, et Sara, et tous nos nouveaux amis. Et nous voilà, allongés au bord de la piscine de notre propre manoir. Je pense que je vais survivre, dit-il d'un air malicieux.

CHAPITRE 14
LES MALLES

Ils passèrent la majeure partie de la journée à se détendre au bord de la piscine. Vers midi, ils eurent faim et allèrent dans la cuisine pour préparer le déjeuner qu'ils mangèrent sur la terrasse. Pendant qu'ils étaient à l'intérieur, Devlin avait pris son exemplaire du Manuel du Voyageur et les manuels de Magie, espérant trouver des moyens de déplacer la malle.

— Tu es très déterminé, dit Lola en riant. Tu te rends compte qu'on aurait pu monter le contenu pièce par pièce au moins dix fois depuis qu'on est rentrés, plaisanta-t-elle.

— C'est une question de principe, répondit-il. En plus, on a besoin de s'entraîner. Je suis sûr que nos amis savent faire ça et d'autres choses pratiques, ajouta-t-il.

— Mais on ne pourrait pas simplement appeler une porte vers notre chambre, l'ouvrir et y pousser la malle ? demanda-t-elle.

Devlin la regarda d'un air ahuri et se frappa le front de la main. — Tu as raison. J'ai trop compliqué les choses, dit-il en riant de sa propre bêtise.

— C'est un point commun qu'on a. Je suis la reine de la complication, dit Lola en riant. Mais on peut quand même s'entraîner avec les incantations qu'on a apprises. Et je suis presque sûre qu'il y en a dans le livre qu'on n'a pas encore utilisées, suggéra-t-elle.

— Je me demandais comment déplacer mes affaires de la maison de ville. Mais ce sera très simple ; on ouvre juste une porte et on fait passer les choses comme si c'était une porte vers n'importe quelle autre pièce de la même maison, dit Devlin et Lola hocha la tête.

— Tu te souviens avoir vu quelque chose sur les capacités télépathiques dans un de nos livres ? demanda Lola, devenant sérieuse.

— Non, je ne crois pas, répondit Devlin, visiblement inquiet.

— Je suis sûre que le directeur Lianon aura des informations utiles pour nous. Et il y a probablement un cours à suivre ou un livre à lire, dit Lola, essayant de détendre l'atmosphère.

— Ou les deux ! dit Devlin en se levant pour étirer ses longs membres. Il y a des vélos ici ? demanda-t-il.

— Je ne suis pas sûre. S'il y en a, ils seraient dans le garage, je suppose. Pourquoi ? demanda Lola.

— J'en ai marre d'être assis. J'ai besoin de bouger, ou de faire de l'exercice, dit-il en balançant ses bras d'avant en arrière et en marchant autour de la terrasse.

— Tu veux retourner à la piscine et faire quelques longueurs ? Je peux te prêter mes lunettes, suggéra Lola.

— Non, allons vérifier dans le garage. Je ne l'ai pas encore vu. Et si on croise Jackson, tu ne seras pas seule avec lui, dit-il avec un clin d'œil.

— D'accord, mais on devrait se changer et sortir de nos maillots de bain. Et puis, j'ai besoin de mes clés. Retrouvons-nous à la porte du vestiaire dans quinze minutes, dit Lola, et Devlin acquiesça.

Ils mirent leurs assiettes dans le lave-vaisselle et montèrent se changer.

JACKSON N'ÉTAIT PAS sur la propriété et la voiture familiale n'était pas dans le garage. Devlin était très impressionné par le contenu du garage et prit un moment pour baver devant la Maserati rouge. Il émit un long sifflement.

— J'imagine que tu connais cette voiture ? demanda Lola.

— Oui. C'est une Maserati Biturbo Spyder de 1987 et elle est en parfait état, dit-il avec révérence.

— Eh bien, félicitations, elle est à toi ! C'était la voiture de papa et je ne la conduirai pas de sitôt. Phyllis ne sait pas conduire, donc il ne reste que toi. Mais attends qu'on ait la confirmation des avocats et de la compagnie d'assurance, suggéra Lola.

Devlin avait l'air d'un enfant le matin de Noël. Ils s'éloignèrent de la Maserati et fouillèrent le garage à la recherche de vélos. Ils repartirent bredouilles, mais la visite n'avait pas été vaine. Lola pouvait dire que Devlin rêverait de la voiture cette nuit-là.

— Quand on retournera à la maison de ville, je ramènerai les vélos. Ma mère et moi avions récemment changé les nôtres et ce serait dommage qu'ils restent juste dans le garage, dit-il. Lola haussa les épaules. Elle n'était pas sûre de cette histoire de vélo. Elle n'était pas la personne la plus coordonnée et elle n'était pas montée sur un vélo depuis ses huit ans.

Il était presque 14h30, alors ils retournèrent à la maison. Marie avait fait des biscuits et ils en prirent quelques-uns en attendant qu'elle finisse son service. Quand ils eurent fini leur collation, elle était partie.

Ils se précipitèrent dans le hall d'entrée et séparèrent leurs malles pour avoir plus d'espace pour manœuvrer. Lola commença. Elle sortit sa clé, pensa à sa chambre et ouvrit la porte. Elle dit rapidement « Il y a quelqu'un ? » au cas où. De quoi, elle n'en avait aucune idée. Devlin l'aida à pousser sa malle dans sa chambre et elle ferma la porte.

— À ton tour. Assure-toi de visualiser ta chambre dans *cette* maison, prévint-elle. Devlin lui lança un regard en biais et soupira. Il sortit sa clé et sa porte apparut. Il ouvrit la porte, vérifia que c'était la bonne chambre, poussa sa malle à l'intérieur et ferma la porte.

— Si je peux m'en tirer comme ça, je n'utiliserai peut-être plus jamais les escaliers ! dit Lola en ouvrant à nouveau sa porte et en entrant. Elle fit un signe de la main à Devlin et ferma la porte. Devlin souriait comme le chat du Cheshire. Il regarda à droite et à gauche pour s'assurer qu'il était seul et fit la même chose.

DE RETOUR DANS SA CHAMBRE, Lola mit ses vêtements sales dans le panier à linge et rangea les choses qu'elle utiliserait à la maison. Elle laissa tout le reste dans la malle et la repoussa à sa place au pied de son lit. Ayant soif, elle mit sa main en coupe et récita : « *Pugillo Aquas.* » Sa main se remplit d'eau et elle but. *C'est amusant !*

Puis elle décida d'appeler Devlin avec son esprit. *Devlin, tu m'entends ?* Elle attendit une réponse. Au bout d'un moment, elle abandonna et alla dans son alcôve pour prendre un bloc-notes et un stylo. Elle voulait faire une liste des incantations les plus utiles pour pouvoir les mémoriser. *Regardez-moi, je me donne des devoirs pendant les vacances d'été. Je suis une vraie intello.*

Elle faillit tomber dans l'escalier en colimaçon quand elle entendit la réponse télépathique de Devlin, *Oui, tu es une intello, mais c'est une bonne idée. Je peux te rejoindre ?*

— Euh, ouais, dit Lola à voix haute. *Idiote*, pensa-t-elle. *Pardon ?* répondit-il. *Pas toi, moi. Viens*, pensa Lola.

Quelques minutes plus tard, Devlin frappa et entra dans sa chambre. Elle l'attendait dans le salon. Il portait à nouveau ses livres.

— Je pense qu'on devrait consacrer du temps à pratiquer les incantations et à faire des recherches sur les capacités télépathiques, suggéra Devlin.

— Bonne idée. On peut commencer par les Archives. Je me demande où elles se trouvent. On peut aussi essayer internet. Ensuite, vérifier les livres ici au manoir. Et si on a encore besoin de plus, on peut aller en ville à la bibliothèque publique. Je te présenterai Bonnie, elle est incroyable, répondit Lola.

Ils travaillèrent sur leur liste pendant environ une heure avant d'arrêter. Ils devaient se changer pour le dîner et être en bas à 18 heures car ils avaient un invité. Devlin demanda s'il devait s'habiller plus élégamment que la veille et Lola dit que non.

— Je viendrai frapper à ta porte à 17h55 pour qu'on descende ensemble, d'accord ? demanda Devlin.

— Bien sûr, répondit Lola en lui tenant la porte ouverte.

Lola apporta sa liste dans son alcôve et la rangea dans un tiroir. Avec Marie qui nettoyait et époussetait, il valait mieux ne rien laisser traîner. Elle prit quelques minutes pour vérifier ses e-mails. Tom lui avait envoyé un message mignon disant qu'elle lui manquait et qu'il espérait que son retour avec Devlin s'était bien passé. Lola sourit et soupira. En regardant sa montre, elle vit qu'il était dix-sept heures trente ici. Cela signifiait qu'il était vingt-deux heures trente à Cork. Il pourrait lire sa réponse avant d'aller se coucher.

À : tom.callahan.gohurlers@gmail.com

De : lola4evers@gmail.com

Salut Tom,

Tu me manques aussi ! Tout s'est bien passé. Devlin et Phyllis se sont tout de suite bien entendus. Ce soir, nous dînons avec notre avocat. Nous devrions régler tous les détails. En fait, je devrais être en train de me changer pour le dîner pendant que je t'écris, alors je vais faire court.

Dors bien,

Lola

Elle n'avait pas le temps de se demander si c'était un message nul ou pas. Elle descendit les escaliers en trombe et se précipita dans la salle de bain pour prendre une douche rapide. Elle se brossa les cheveux et les tressa pour avoir l'air plus soigné que son look habituel séché à l'air libre. Elle attrapa une jupe et un chemisier dans son placard et les enfila, glissant ses pieds dans des ballerines. Elle se regarda dans le miroir et se dirigeait vers la porte quand elle entendit frapper. Elle alla ouvrir la porte. *Dieu merci, c'est toi*, pensa-t-elle.

Devlin sourit d'un air penaud et lui tendit le bras.

CHAPITRE 15

PAPERASSERIE

— C'est un plaisir de vous rencontrer, monsieur, dit Devlin en serrant la main d'Edward Radcliff.

Devlin était nerveux. Aussi accueillantes et généreuses qu'aient été Lola et Phyllis, il s'agissait là d'un avocat et il ne serait peut-être pas aussi magnanime. Il ne ferait pas correctement son travail s'il ne faisait pas preuve de diligence raisonnable.

Ils s'installèrent dans le salon et Phyllis prépara un Tom Collins pour Edward. Lola et Devlin avaient tous deux des sodas au gingembre. Phyllis avait un martini aux pommes. Ils échangèrent quelques banalités, puis le vieil homme tendit la main vers la mallette qu'il avait posée à côté du fauteuil où il était assis. Il l'ouvrit et en sortit un portfolio en cuir. Après avoir reposé sa mallette au sol, il ouvrit le portfolio et commença :

— J'ai pas mal d'informations à vous communiquer ce soir. Allons droit au but.

Il prit le premier document et le tendit à Phyllis.

— Tout d'abord, voici la liste restreinte des candidats pour les postes de gouvernante et de jardinier. Nous avons interviewé tous les candidats et vérifié leurs références. Voici les trois couples que nous

89

recommandons. Ils sont tous disponibles pour commencer en août et pour un entretien cette semaine, dit-il.

— Mais qu'en est-il de Jackson ? demanda Lola.

— Jackson a été accepté dans le programme de commerce à UVA au printemps dernier. Il avait pensé retarder son inscription ou s'inscrire à des cours en ligne à temps partiel pour pouvoir continuer à aider ici. En fin de compte, j'ai pensé qu'il était préférable de l'encourager à s'inscrire pour le semestre d'automne, expliqua Phyllis. Il logera sur le campus et reviendra pour les longs week-ends et les vacances, ajouta-t-elle.

Devlin voyait que Lola était partagée à propos de cette nouvelle, mais elle se contenta d'acquiescer. Puis elle leva la main pour interrompre à nouveau :

— Et Marie ? Qu'adviendra-t-il d'elle ? demanda-t-elle.

— Quand les parents de Jackson sont décédés, j'étais dévastée et je ne pouvais pas gérer l'embauche d'un autre couple, et encore moins m'occuper de la reconstruction du cottage. Alors nous avons fait appel à une agence pour un remplacement temporaire. C'était il y a trois ans.

— Le mari de Marie a pris sa retraite l'année dernière et la presse de prendre la sienne également. Elle restera pour former la nouvelle gouvernante et ensuite elle recevra un paquet de retraite bien mérité, dit Phyllis d'un ton apaisant, faisant signe à l'avocat de continuer.

— Ensuite, j'ai demandé les échantillons de sang qui ont été prélevés à l'école et je les ai envoyés au laboratoire. Nous avons pu accéder aux dossiers de Simon datant de son traitement contre le cancer. Ils ont confirmé la paternité, dit-il en tendant le document qu'il tenait à Devlin. Félicitations, jeune homme, vous faites maintenant officiellement partie de la famille Evers, dit-il avec un sourire chaleureux, et Lola et Phyllis applaudirent.

— Je veux que vous réfléchissiez attentivement à ma prochaine question et vous n'avez pas besoin de me donner une réponse immédiatement, déclara l'avocat. Devlin regarda Lola et elle haussa les épaules. Phyllis sourit d'un air entendu et il fut rassuré.

— D'accord, répondit-il.

— À votre naissance, on vous a donné le nom de famille de votre mère. Aujourd'hui, je voudrais vous permettre de le changer pour Evers. C'est votre nom légitime, mais je comprends que vous puissiez vouloir garder le nom avec lequel vous avez vécu jusqu'à présent. Vous pouvez garder votre nom, utiliser Johansson-Evers, ou choisir le nom Evers, suggéra Edward.

Tout le monde garda le silence pendant que Devlin réfléchissait. Il se leva et fit les cent pas dans la pièce, son regard s'arrêtant sur le portrait au-dessus de la cheminée. Remarquant son regard, Phyllis expliqua que Simon l'avait peint d'après une photographie. Il représentait Simon et Phyllis, âgés de huit et dix ans, avec leurs parents, debout devant cette même cheminée. Il se retourna vers l'avocat.

— Johansson était le nom de ma mère et je le porterai dans mon cœur. Johansson-Evers est un peu long et mes parents n'ont jamais vraiment été « ensemble », donc il ne semble pas juste d'accoler leurs noms. Comme ils sont tous les deux décédés, ils appartiennent au passé. Ma vieille vie s'est terminée le jour de mes dix-huit ans. Ma nouvelle vie devrait commencer avec un nouveau nom. Je choisis Evers, conclut-il d'un hochement de tête décidé. Phyllis et Lola applaudirent à nouveau et il rit.

— Très bien. J'avais fait préparer les documents à l'avance, en prévoyant les trois éventualités, dit l'avocat, agitant trois ensembles de piles de papiers identiques. Il choisit le bon, se leva et le plaça sur la table basse avec un stylo. Devlin s'approcha de la table et signa ou parapha chacune des pages marquées d'une languette bleue.

— Je les déposerai demain. Une fois votre nom légal changé, nous ferons une demande de résidence et d'identification, dit-il en remettant la pile de papiers dans son portfolio. Il tendit à nouveau la main vers sa mallette et en sortit une grande pochette zippée.

— En attendant, voici les clés du Manoir. Lola vous expliquera, dit-il en donnant à Devlin un trousseau de clés qui tintaient.

— Voici votre chéquier et une carte bancaire. Une allocation mensuelle y sera déposée. J'ai été en contact avec votre avocat en Suède. Il a mis votre maison en vente et demande si vous voulez faire transférer vos fonds sur votre compte bancaire américain, demanda-t-il.

— Oui, ce serait plus pratique, merci, dit Devlin en prenant le chéquier et la carte bancaire, un peu étourdi.

— Voici une carte de crédit à votre usage. C'est une carte familiale, ce qui signifie que Lola et Phyllis ont des cartes sur le même compte, expliqua Edward en tendant la carte à Devlin. Enfin, comme vous avez dix-huit ans, la première partie de votre héritage a été déposée sur votre compte bancaire. La prochaine tranche viendra quand vous aurez vingt et un ans et la dernière quand vous aurez trente-cinq ans. Bien que cela puisse changer dans les prochaines minutes, dit l'avocat de manière énigmatique.

Devlin fronça les sourcils et demanda :

— Que voulez-vous dire ?

Il ne se souciait pas vraiment de l'argent, il y en avait déjà tellement qu'il ne le dépenserait jamais.

— Notre prochaine affaire concerne à la fois Lola et Devlin, dit le vieil homme, regardant chacun à tour de rôle. Maintenant qu'il y a un héritier mâle, et qu'il est l'aîné des deux, il est le Gardien légitime. Le Directeur m'a dit que si Devlin ne souhaite pas être Gardien, il peut transférer les responsabilités à Lola si elle accepte. En plus des devoirs de Gardien, qui seront expliqués à l'Académie, il y a quelques responsa-bilités supplémentaires ici au Manoir, dit Edward. Il sortit une feuille de papier et la donna à Devlin pour qu'il puisse suivre. Devlin se rassit sur le canapé, à côté de Lola.

— Premièrement, le manoir Evers doit être votre résidence princi-pale jusqu'à ce que vous ayez produit un héritier mâle en âge de vous remplacer. Deuxièmement, le Domaine ne vous appartient pas, il vous est confié pour cette durée. Vous devez vous assurer que le Domaine prospère. Cela signifie veiller à son bien-être financier ainsi qu'à l'en-tretien de la propriété. Troisièmement, vous êtes également respon-sable en dernier ressort de tous les Evers vivant dans le manoir. Bien que vous *deviez* vivre ici, les autres Evers peuvent choisir d'y vivre ou non. C'est cependant leur droit de naissance d'y rester pour toujours, expliqua l'avocat, faisant une pause pour laisser le temps à ces informa-tions d'être assimilées. Devlin regarda Lola, qui gonfla ses joues et souffla dans une expression qui signifiait *C'est lourd, hein* ? Phyllis affichait une expression sereine sur son visage, car elle avait déjà entendu tout cela auparavant.

Devlin se retourna vers Edward et demanda :

— Quand vous dites résidence principale, qu'entendez-vous par là ?

— Le manoir Evers doit être votre domicile. Vous pouvez cependant vivre temporairement dans l'une de vos autres maisons. Il y a une liste au verso de cette page. Mais jamais plus de six semaines d'affilée, dit Edward.

— Cela semble raisonnable, répondit Devlin, et l'avocat poursuivit.

— Quatrièmement, vous devez vous marier. À ce moment-là, vous recevrez la deuxième tranche de votre héritage. Une liste de candidates appropriées sera établie, mais en fin de compte, vous êtes libre de choisir qui vous voulez. Après ma discussion avec le directeur, il semble qu'il y ait d'autres considérations à prendre en compte. Principalement concernant le mariage avec une autre détentrice de clé, mais nous devrons en discuter plus en détail ultérieurement. Cinquièmement, vous devez avoir au moins un enfant, bien que deux ou plus seraient préférables. À la naissance de votre premier-né, vous recevriez la troisième tranche, conclut l'avocat. Il remit le dossier dans sa mallette.

— Et si ma femme et moi sommes incapables d'avoir des enfants ? demanda Devlin, concentré sur les aspects pratiques.

— Alors vous ne recevriez pas cette tranche, vous recevriez la même tranche que votre sœur. L'un de ses enfants deviendrait Gardien à votre mort. Si elle n'avait pas d'enfants, alors elle deviendrait Gardienne. Mais cela n'est jamais arrivé dans l'histoire des Evers jusqu'à présent, expliqua Edward.

— Puis-je avoir un moment pour en discuter avec Lola ? dit Devlin, en se levant et en vérifiant auprès de Lola pour confirmation.

— Cette question n'a pas besoin d'être décidée immédiatement, hasarda Edward.

— Je sais. Mais nous ne prendrons qu'un instant, répondit Devlin, en saisissant la main de Lola et en l'entraînant dans le couloir avant de fermer la porte derrière lui.

— Que veux-tu faire ? demanda Devlin.

— C'est finalement ta décision, esquiva Lola.

— Je le vois bien. Mais je ne veux pas te priver de quelque chose que tu désires vraiment, répondit-il.

— Tu plaisantes ! Tu me rendrais un énorme service en assumant la Gardiennerie. Je devenais folle à l'idée de ce fardeau ! s'exclama Lola.

— Alors c'est réglé, dit-il en se tournant vers la porte, mais Lola posa une main sur son bras pour l'arrêter.

— Je suis désolée que le prix à payer soit si élevé, dit-elle doucement.

— Pas du tout ! Je suis honoré qu'on me donne cette opportunité de servir ma famille. Je ferai mon devoir avec fierté, répondit-il avec un sourire.

— Wow, tu es beaucoup plus honorable que moi ! dit Lola.

— Ne le prends pas mal, mais les hommes le sont généralement. Nous assumons plus facilement le devoir et la responsabilité, c'est dans nos gènes. Tout comme prendre soin et être mère est dans les vôtres, déclara-t-il.

Lola fronça les sourcils.

— Nous devrons continuer cette discussion plus tard. Pour l'instant, je meurs de faim, dit-elle en atteignant la poignée de la porte.

— Bien sûr que tu as faim, rit Devlin, en atteignant lui-même la poignée et en ouvrant la porte pour Lola avant de la faire entrer.

Alors qu'ils revenaient dans la pièce, Phyllis parut surprise et dit :

— C'était rapide !

— En effet, répondit Devlin. Puis, se tournant vers l'avocat, il se tint droit, les épaules en arrière, et dit :

— C'est un honneur d'accepter la Gardiennerie pour cette famille et notre héritage.

Edward hocha la tête et regarda Phyllis, qui sourit et annonça :

— Allons dans la salle à manger.

CHAPITRE 16
DISCUSSION

Après le dîner, Lola retourna dans sa chambre pour digérer tout ça. Elle et Devlin avaient prévu une soirée cinéma et une nuit pyjama dans la Nurserie ce soir, mais elle avait besoin de quelques minutes seule. En fait, ce dont elle avait besoin, c'était de parler à une amie. Pas Jane, car il y avait trop de choses à discuter concernant la clé. Non, cette situation appelait Sara. Mais il était près de vingt heures, ce qui signifiait une heure du matin à Gloucester. Sur une impulsion, Lola sortit son téléphone et envoya un message à Sara.

Lola : Salut, on pourrait avoir une conversation vidéo ou téléphonique demain ? Ce serait mardi. Dis-moi à quelle heure ; j'ai cinq heures de retard sur toi.

Elle posa son téléphone pour prendre son pyjama, mais il vibra immédiatement.

Sara : Qu'est-ce qui se passe ?

Lola : Pourquoi es-tu encore debout ?

Sara : Je suis à une fête...

Lola : Oh. Tu peux trouver un endroit calme pour une discussion de cinq minutes ?

Vas-y, appelle-moi.

Lola appuya sur le bouton d'appel et Sara répondit immédiatement.

Lola réalisa tardivement que cet appel pourrait être coûteux, mais c'était trop tard maintenant. Elle ferait court.

Lola : Salut Sara !

Sara : Salut Lola ! Ça fait du bien d'entendre ta voix !

Lola : Pour moi aussi. Écoute, je n'ai pas beaucoup de temps. Devlin m'attend pour une soirée cinéma.

Sara : Vas-y. Je t'écoute.

Lola lui donna une version condensée de tout ce qui s'était passé depuis son retour à la maison. L'accueil de Jackson, la télépathie entre elle et Devlin, et les dernières nouvelles concernant la Garde.

Sara : Alors, comment te sens-tu par rapport à Jackson ? Je suppose que tu es probablement ravie d'abandonner tes devoirs de Gardienne.

Lola : Tu as raison ! Je veux dire, j'allais de toute façon retourner à l'Académie à l'automne, donc nos plans n'auraient pas fonctionné et je n'aurais jamais été à la maison. Je me sens juste mal pour lui. On n'a pas encore parlé. Je l'ai évité. Peut-être qu'il pensait qu'on pourrait avoir une relation à distance et se voir pendant les vacances, comme des étudiants normaux.

Sara : Eh bien, voilà ton problème ! Arrête de trop réfléchir et va parler au garçon.

Lola : Tu as raison.

Sara : Vas-y maintenant. J'appellerai Devlin pour le distraire pendant qu'il t'attend.

Lola : Bon plan ! D'accord, on se reparle bientôt. J'y vais avant de changer d'avis. Merci, Sara !

Sara : À ton service.

Elles raccrochèrent et Lola se précipita de l'autre côté du couloir pour prévenir Devlin. Puis, en descendant les escaliers, elle envoya un message à Jackson pour lui demander s'ils pouvaient avoir une courte discussion dans le kiosque. Il répondit immédiatement qu'il la rejoindrait là-bas dans cinq minutes.

En passant devant la bibliothèque, elle passa la tête pour souhaiter bonne nuit à Phyllis. Quand Phyllis fit remarquer qu'elle allait dans la mauvaise direction, Lola expliqua sa rencontre avec Jackson. Phyllis fit un *Oh* silencieux et dit : — Bonne chance !

Lola sortit par la porte-fenêtre car c'était le chemin le plus proche du kiosque. Elle marchait rapidement, essayant de penser à ce qu'elle allait dire, pour finalement réaliser que la meilleure chose à faire était simplement d'écouter.

Elle et Jackson arrivèrent en même temps. Il y eut un moment gênant où ils ne semblaient pas savoir comment se saluer. Mais Lola décida qu'une étreinte rapide serait bien et donnerait le ton. Elle fit un pas en avant et dit : — Salut, les bras légèrement tendus. Jackson comprit l'idée et l'enveloppa dans une étreinte d'ours. Cela ne dura qu'un instant et Lola sentit déjà qu'elle voulait se fondre en lui, s'accrocher à sa chaleur corporelle. C'était troublant. Elle se dégagea et fit un pas en arrière, se dirigeant vers l'un des bancs. Il y avait des guirlandes lumineuses suspendues aux avant-toits du kiosque et l'éclairage était juste suffisant pour se voir, sans être trop cru.

— J'imagine que tu as appris pour UVA, dit-il et Lola hocha la tête.

— J'imagine que tu as appris pour les nouveaux gardiens, dit-elle et Jackson hocha la tête.

— C'est mieux ainsi. Nous allons tous les deux partir à l'université à l'automne et ne rentrer que quelques fois par an, expliqua Jackson et Lola ne dit rien, espérant qu'il continuerait.

— C'est un programme de quatre ans et je pense que tu en as au moins autant devant toi. Nous sommes tous les deux encore très jeunes et maintenant qu'il n'y a plus de besoin urgent de se marier, je pense que nous devrions chacun trouver notre propre voie. Si cette voie nous ramène l'un vers l'autre, alors ça n'aura pas été en vain. Si ce n'est pas le cas, alors cela voudra dire que ce n'était pas censé être, dit-il. — Qu'en penses-tu ? demanda-t-il.

— Je pense que tu es beaucoup plus mature que moi. Tu as raison, bien sûr. C'était fou de tomber amoureux et de parler de mariage après moins d'une semaine. Ça semble beaucoup plus raisonnable. Et ça nous permettra de nous concentrer sur nos études au lieu de nous languir l'un de l'autre. D'ailleurs, tu vis toujours ici, n'est-ce pas ? Et il reste encore tout un mois d'été ! dit Lola, se réchauffant à ce nouveau plan.

— À propos de ça. Oui, je vis toujours ici et Phyllis a dit que ce serait ma maison aussi longtemps que je le voudrais. Elle m'a demandé de montrer à Devlin ce que j'ai fait en termes d'investissements et de nouvelle sécurité. Je ferai ça la semaine prochaine. Après ça, je prendrai des vacances pendant quelques semaines avant le début des cours. C'était la suggestion de Phyllis.

— Oh. Où vas-tu ?

— Je vais visiter l'Italie, la Suisse et l'Autriche. J'ai vraiment apprécié quand nous sommes allés à Florence et je voulais y retourner. Je séjournerai dans les appartements de la famille pendant que je serai là-bas, donc je n'aurai qu'à payer pour la nourriture et les dépenses. Phyllis m'a offert le billet d'avion comme cadeau d'anniversaire, dit-il.

— Wow, donc tout est réglé, dit Lola. Elle ne savait pas si elle était triste ou soulagée. Et elle ne voulait pas avoir à le découvrir maintenant. Elle se leva rapidement et le remercia de l'avoir rencontrée.

— Devlin m'attend pour la soirée cinéma. Tu veux nous rejoindre ? proposa-t-elle.

— Non, passe du temps de qualité avec ton frère. Peut-être une autre fois, dit-il et il lui donna un rapide baiser sur la tempe.

— Bonne nuit, Lola, dit-il avec un sourire triste.

— Bonne nuit, Jackson, répondit-elle, une expression similaire sur le visage et elle se dirigea vers la maison.

Toute la conversation avait duré moins de quinze minutes. Elle se glissa dans la cuisine et verrouilla la porte. Quand elle passa devant la bibliothèque, elle était vide. Elle monta les escaliers et trouva Devlin, en pyjama, en train de discuter au téléphone avec Sara. Elle leva la main, signifiant cinq minutes, et Devlin hocha la tête. Ce serait suffisant pour qu'elle enfile son pyjama pendant qu'il terminait l'appel.

— Sara m'a mis au courant. Comment s'est passée ta discussion avec Jackson ? demanda Devlin.

— Ça s'est bien passé. C'est lui qui a fait la plupart de la conversation, répondit-elle.

— Qu'est-ce qu'il a dit ? demanda Devlin.

— Qu'on est trop jeunes pour s'engager, qu'on devrait aller à l'université et vivre nos vies. Si nos chemins se croisent plus tard, alors c'est que c'était destiné. C'est la version ultra courte. Je sais que tu n'aimes pas quand je m'étends, plaisanta Lola.

— Merci, j'apprécie, dit-il avec un sourire. Tu as fini de parler ? demanda-t-il.

— Oui ! Est-ce qu'il est trop tard pour un film ? demanda-t-elle. Il secoua la tête et pointa l'écran.

— J'ai quelques suggestions ici sur le service de streaming, dit-il.

— Jetons un coup d'œil, répondit-elle en lui arrachant la télécommande des mains.

Elle parcourut les dix meilleurs choix pendant que Devlin indiquait ceux qui l'intéressaient. Ils furent tous deux ravis de constater qu'ils avaient deux genres de films en commun : Fantasy/Science-fiction et Action/Aventure. Cela rendait le choix du film plus facile. Et comme ils avaient été si occupés avec l'école et les drames parentaux, ils n'avaient vu aucun des derniers films sortis.

Lola demanda s'il voulait du pop-corn ou un soda. Devlin ne voulait pas redescendre à la cuisine et il se faisait tard.

— Ah, mais j'ai trouvé une cachette secrète ! dit-elle en lui faisant signe de la suivre dans la salle de classe. Dans l'une des portes de rangement allant du sol au plafond, il y avait un mini-frigo. Elle y avait caché quelques bouteilles d'eau et de cola quand Jane était là, et il en restait encore plein. Sur le dessus du frigo, il y avait des mini-sachets de chips, des sachets de bonbons emballés individuellement et des paquets de pop-corn pour micro-ondes.

— C'est comme avoir notre propre cinéma ! s'exclama Devlin. Il attrapa un paquet de pop-corn et commença à lire les instructions. Lola le lui prit des mains, retira l'emballage plastique, le plaça face vers le haut dans le micro-ondes et appuya sur le réglage "Pop-corn".

— Désolée, c'est plus rapide comme ça. Quel genre de bonbons tu aimes ? demanda-t-elle.

— Tous ! Certains sont nouveaux pour moi, et j'en ai eu très peu avant. Ma mère nous faisait suivre un régime très sain, dit-il en attrapant un paquet de chips et quelques sachets de bonbons. Lola prit la même chose mais choisit des variétés différentes pour qu'ils puissent partager. Ils prirent tous les deux des bouteilles d'eau et retournèrent au canapé pour poser leur butin. Devlin retourna chercher le pop-corn pendant que Lola mettait en place le film qu'ils avaient choisi : un film fantastique sur le voyage dans le temps.

Ils s'installèrent confortablement et réussirent à tenir jusqu'à la fin du film sans s'endormir. Lola était contente car elle voulait vraiment se brosser les dents après avoir ingéré autant de sucre.

— Tu veux toujours dormir ici ? demanda-t-elle.

— Oui, bien sûr. Je n'ai jamais dormi dans des lits superposés ! s'exclama-t-il, fou d'excitation.

— Vraiment ? C'est incroyable ! Laisse-moi juste me brosser les dents et me laver le visage. Je reviens dans un éclair, dit-elle avant de sortir en courant de la pièce. Il bondit sur ses pieds et cria : — Je vais faire la course avec toi, puis il la dépassa en courant dans le couloir.

— C'est parti ! répondit-elle en se précipitant dans sa chambre.

CHAPITRE 17
PIZZA

Le lendemain matin, Lola avait un plan. Elle se réveilla et fit sa méditation et son yoga dans sa chambre. À huit heures cinq, elle descendit les escaliers sur la pointe des pieds, en pyjama. Devlin et Phyllis étaient dans le kiosque, Marie était dans la cuisine, et il n'y avait personne dans la véranda. *Parfait !*

Elle se faufila et se servit une tasse de café. Plus tard, elle demanderait un thermos à Marie, il y aurait plus de café ! Elle attrapa aussi impulsivement une banane et un muffin, qu'elle enveloppa dans une serviette. *Pomme cannelle, miam.* Se sentant comme une voleuse, elle vérifia le couloir. La voie était libre, et elle marcha rapidement vers les escaliers pour filer dans sa chambre. *Réussi !*

Elle passa les deux heures suivantes à lire au lit en essayant de ne pas mettre de miettes entre les draps.

Elle se lava, s'habilla et descendit prendre le petit-déjeuner avec sa famille à dix heures, souriante et sereine. Ni Phyllis ni Devlin ne commentèrent son absence ni sa bonne humeur. Ils savaient ce qui était bon pour eux.

— Pour les prochains jours, après le petit-déjeuner, je rencontrerai Jackson dans la bibliothèque. Il m'expliquera les tâches qu'il a effectuées pour que je puisse prendre le relais, annonça Devlin, réprimant à peine sa fierté.

— C'est merveilleux, mon chou, dit Phyllis.

— Et l'après-midi, je trierai les choses que je veux garder de la maison de ville. Le reste sera vendu ou donné, expliqua-t-il.

— Tu as besoin d'aide ? Je devrais venir avec toi ? demanda Lola.

— Pas aujourd'hui. Je ferai d'abord ma chambre. Mais peut-être que demain tu m'aideras avec la chambre de ma mère..., s'interrompit-il, l'air triste.

— Je peux venir aussi, dit Phyllis. Je me souviens à quel point c'était difficile de s'occuper des affaires de Simon après sa mort. Comme tu l'as vu, je n'ai pas très bien réussi ; j'ai gardé presque tout ! dit-elle, essayant d'être humoristique. Mais finalement, il faudra bien trier. Celui qui prendra la relève comme Gardien voudra probablement s'installer dans cette chambre puisque les autres pièces sont destinées à leurs enfants.

— J'accepterai donc votre aide demain, dit Devlin. Et quand le moment viendra, nous nous occuperons ensemble de la chambre de Père, ajouta-t-il avec un sourire encourageant.

PENDANT LES JOURS SUIVANTS, ce fut leur routine. Lola passait un peu de temps chaque matin à aider Phyllis dans le jardin. Cela leur donnait l'occasion de bavarder, juste toutes les deux. Plus tard, Lola se dirigeait vers la piscine pour faire quelques longueurs et travailler son bronzage. Maintenant que Lola et Jackson étaient redevenus amis, il était plus facile d'être en sa présence. Tous les quatre déjeunaient ensemble après les leçons sur la « Propriété », comme les appelait Devlin. Bien que Devlin et Jackson aient mal commencé, une fois que la revendication de Devlin avait été confirmée par l'avocat, Jackson s'était montré moins hostile envers lui. Le soir, cependant, Jackson ne se joignait pas à eux pour le dîner.

L'avocat de Devlin avait envoyé quelqu'un à la maison de ville le lundi. Quand il arriva mardi, les choses étaient déjà plus faciles à gérer. Ils avaient laissé des cartons d'emballage et du ruban adhésif, ainsi que de grandes boîtes penderie. Devlin emballa rapidement sa chambre et tout ce qu'il voulait garder de la maison de ville. Quand il eut fini, il n'avait plus qu'à ouvrir une porte vers sa chambre au Manoir. Il mit une cale pour que la porte reste ouverte. Ne sachant pas combien de temps une porte pouvait rester ouverte, il répéta l'opération toutes les cinq minutes environ jusqu'à ce qu'il ait tout déménagé. Ce n'était pas grand-chose.

Quand Phyllis et Lola vinrent le lendemain, il demanda à Phyllis de trier les vêtements de sa mère. Elle devait mettre tout ce qui valait la peine d'être donné à une œuvre caritative dans une boîte penderie et jeter le reste. Les vêtements de sa mère étaient de bonne qualité, mais vieux et pas très à la mode. Pendant que Phyllis s'attelait à cette tâche, Devlin et Lola allèrent au garage pour déplacer les vélos.

— Je pense qu'on devrait ouvrir une porte près de la fontaine devant le Manoir, suggéra Lola. Je ne veux pas prendre le risque d'ouvrir une porte directement dans le garage. De cette façon, on peut simplement amener les vélos jusqu'au garage, ajouta-t-elle. Devlin acquiesça.

Ils ouvrirent une porte et Lola traversa et maintint la porte ouverte pendant que Devlin poussait le vélo, le lâchant une fois que Lola l'avait et tenant la porte pour qu'elle puisse le mettre sur sa béquille. Ils firent de même avec le deuxième vélo et les rangèrent dans le garage. Jackson n'était pas dans les parages.

De retour à la maison de ville, ils rejoignirent Phyllis. Elle avait terminé sa tâche et avait commencé à emballer des livres et d'autres objets non personnels dans un carton.

Ils passèrent les deux heures suivantes à vider le reste de la maison.

Quand ils eurent fini, Devlin retourna au garage pour mettre les ordures dans les poubelles et les rouler jusqu'au trottoir.

À part la voiture, le garage était presque vide. Il n'y avait rien de personnel non plus dans la buanderie.

Quand il remonta, Lola avait terminé avec les placards, et Phyllis avait fini la chambre de sa mère. Ils empilèrent les cartons le long du mur principal du salon et déclarèrent qu'ils avaient terminé.

— Ça mérite une pizza ! s'exclama Lola.

— Oh oui ! Je connais l'endroit parfait ! répondit Phyllis, se frottant les mains d'anticipation.

— Montrez-nous le chemin ! répliqua Devlin, jetant un dernier regard à son ancienne vie et remerciant sa bonne étoile.

Phyllis ouvrit une porte et ils la suivirent. Cependant, une fois de l'autre côté, ils se trouvaient devant le Manoir Evers. Phyllis ouvrit à nouveau la porte et leur fit signe de la suivre. Il faisait sombre là où ils allaient. Prudemment, Lola franchit la porte et se déplaça sur le côté pour laisser passer Devlin.

— Où sommes-nous ? demanda Lola, bien que la rue pavée lui semblât familière. On est à Florence ? couina-t-elle.

— Eh bien, nous sommes en Italie, c'est certain, dit Devlin en regardant autour de lui.

— Oui, nous sommes en Italie. Non, ce n'est pas Florence, idiote, c'est Naples ! s'exclama-t-elle, écartant grand les bras et tournoyant.

— Mais il doit être près de vingt-trois heures, les restaurants sont-ils encore ouverts ? demanda Lola.

Devlin et Phyllis rirent tous les deux à cette remarque. — Qu'est-ce qui est si drôle ? demanda-t-elle, plissant les yeux. Elle était vexée qu'on se moque d'elle.

— La plupart des restaurants n'ouvrent pas pour le dîner avant vingt ou vingt et une heures. Oui, ils sont encore ouverts et seront sûrement pleins ! répondit Devlin.

Lola regarda autour d'elle et ne fut pas impressionnée par son environnement. Ils étaient dans une sorte de zone murée qui était un croisement entre une ruelle et un parking. Elle vit un portail avec une pancarte.

— Est-ce que ça dit « Diagnostic et cure psychiatriques » ? s'exclama-t-elle, incrédule.

— Bien joué, ma chérie. C'est exactement ce qui est écrit. N'est-ce pas l'endroit parfait pour arriver ? Qui va croire quelqu'un disant nous avoir vus sortir d'une porte apparue de nulle part ! dit Phyllis, presque en caquetant. Les yeux de Lola s'écarquillèrent et elle se rapprocha de Devlin. Lui trouvait ça hilarant.

— Venez, les enfants. Ce n'est qu'à un pâté de maisons, dit Phyllis, marchant rapidement vers la rue.

Ils la suivirent de près, et Lola fut soulagée de voir que le décor s'améliorait immédiatement une fois qu'ils atteignirent la rue adjacente, et encore plus lorsqu'ils arrivèrent à la Piazza Sanità.

— C'est charmant, chuchota Lola alors qu'ils arrivaient devant le restaurant. Il y avait une belle terrasse sous un auvent avec des plantes grimpantes et des pots de fleurs.

— Voilà, la Pizzeria Oliva da Salvatore e Carla, la meilleure pizza de Naples, s'exclama Phyllis. Sur place ou à emporter ? demanda-t-elle, regardant Devlin, puis Lola.

— Sur place ! dirent-ils à l'unisson.

Ils durent attendre un peu pour être assis, alors ils lurent le menu en attendant. Quand ils furent installés et que le serveur eut pris leur commande de boissons, ils avaient déjà décidé ce qu'ils voulaient, alors Phyllis commanda pour tout le monde. Devlin choisit une *Pazzarella*, garnie de courgettes, de boulettes de viande et de fromage provolone. Lola opta pour un *Ripieno Fritto*, une pizza garnie de mozzarella, ricotta, provolone, avec du salami et des tomates fraîches. Phyllis commanda une pizza *Al Prosciutto Crudo* : tomate, mozzarella et jambon de Parme.

Quand le vin arriva, le serveur en versa un verre à chacun sans sourciller.

Après son départ, Lola chuchota :

— Ne devrait-il pas vérifier si nous avons l'âge légal pour boire ?

Devlin répondit :

— Dans la plupart des pays européens, l'âge légal pour boire est de seize ans, et ce n'est jamais vérifié ni appliqué, car il est bien plus important d'être avec sa famille et ses amis, de bien manger et de passer un bon moment. Il prit son verre et le leva. Saluti, dit-il à voix haute. Phyllis fit de même et fit tinter son verre contre le sien, puis ils regardèrent tous deux Lola avec expectative. Lola soupira et dit :

— Quand on est à Rome ! Puis elle leva son verre et répéta : Saluti !

La pizza était délicieuse et ils passèrent vraiment un bon moment. Phyllis paya avec sa carte de crédit et ils marchèrent lentement vers la ruelle. En chemin, Lola vit un stand de glaces et fit les yeux doux à Phyllis, qui ne put que rire des manières de sa nièce.

— Comment peux-tu avoir encore faim ? demanda-t-elle avec étonnement.

— Tu ne connais pas la règle de la boîte à desserts ? demanda Lola, les entraînant tous les deux vers le stand de glaces.

— C'est comme un side-car pour ton estomac, mais uniquement pour les desserts. Quand tu deviens adulte, ça se transforme généralement en bon sens, expliqua-t-elle, impassible.

Phyllis éclata de rire et prit Lola dans ses bras.

— Tu es adorable, ma chérie, dit-elle en embrassant Lola sur la tempe. Vas-y, prends ta glace. En fait, prenons tous une glace ! s'exclama-t-elle.

— *Un gelato al limone per favore*, dit fièrement Lola à la fille au comptoir. Puis elle se tourna vers les autres et dit : Je peux commander les vôtres aussi ! Phyllis demanda une glace à la noisette et Devlin en choisit une au tiramisu.

Ils se promenèrent en mangeant leurs glaces dans un bonheur béat. Une fois terminé, ils retournèrent dans la ruelle et Voyagèrent pour rentrer chez eux.

CHAPITRE 18
ARCHIVES

Le lendemain matin au petit-déjeuner, Phyllis posa une montre à gousset sur la table.

— J'ai trouvé ça en allant arroser les plantes dans la chambre de Simon, dit-elle.

Lola et Devlin examinèrent la montre à gousset. C'était clairement une antiquité, plus petite qu'une montre à gousset typique, de la taille d'un grand pendentif. Le dos du boîtier en or était finement ciselé avec un E central entrelacé dans un signe de l'infini.

— *Les Evers sont éternels*, la devise familiale, dit Lola avec révérence.

Devlin la retourna pour révéler le devant de la montre. Les gravures de ce côté représentaient un sablier avec une petite clé reposant sur le sable au fond du sablier.

— Est-ce que c'est ce que je pense ? demanda Lola en saisissant la montre et en l'ouvrant. Elle était double face. Les deux côtés étaient identiques, mais les gravures sur l'un des couvercles intérieurs indiquaient *Ancêtres* tandis que l'autre indiquait *Descendants*. Elle donna la montre à Devlin pour qu'il puisse l'examiner de plus près. Il hochait la tête. *Oui, je pense que c'est ça*, répondit-il à Lola.

107

— Ce doit être ainsi que Papa voyageait dans le temps. Où l'as-tu trouvée ? demanda Lola en se tournant vers Phyllis.

— C'est la chose étrange — sur le sol à côté de sa table de chevet. Marie nettoie là-bas chaque semaine et j'arrose les plantes plusieurs fois par semaine, et elle n'est jamais apparue avant, répondit-elle, perplexe.

— Quand nous avons fait la visite, j'ai donné la Bible familiale à Devlin pour qu'il la regarde. Peut-être qu'elle est tombée du tiroir et que nous ne l'avons pas remarquée, suggéra Lola.

— Quoi qu'il en soit, nous étions destinés à la trouver. Et puisque j'ai sa montre-bracelet, Lola devrait avoir la montre à gousset. Elle est clairement destinée à être portée autour du cou et elle est la marcheuse du temps..., dit Devlin en se levant pour la passer autour du cou de Lola. La chaîne en or était assez longue pour ne pas avoir besoin d'être détachée. Elle se posa juste sur son sternum.

— De plus, maintenant tu n'auras plus besoin de demander l'heure constamment, dit-il en riant.

— Tu penses qu'elle donne l'heure ? demanda Lola, sérieusement. Elle examina le mécanisme intérieur du côté des Ancêtres, visible à travers le verre. Chaque côté avait un bouton principal, comme une montre à gousset ordinaire, pour ajuster l'heure et la remonter. Mais en y regardant de plus près, elle vit qu'il y avait de minuscules bras en or qui pouvaient être tournés à gauche ou à droite. Il y avait aussi trois rangées de lettres, de chiffres et de symboles qu'elle avait d'abord pris pour des gravures décoratives.

— Nous aurons besoin d'une loupe pour étudier cela correctement, dit Lola. Puis son visage s'illumina alors qu'elle avait une idée. Elle retira la montre de son cou et la posa sur la table. Elle sortit son téléphone de sa poche et ouvrit l'application photo. Elle prit plusieurs photos en gros plan sous tous les angles de la montre.

— Nous pouvons zoomer sur le téléphone et aussi les agrandir sur un ordinateur et même imprimer les photos pour les étudier, dit-elle fièrement.

— Quand puis-je voir les Archives ? demanda Devlin.

À peine avait-il dit cela que l'énorme livre atterrit avec un bruit sourd devant lui, manquant de peu son assiette de petit-déjeuner abandonnée. Il le regarda, stupéfait.

— Il n'a jamais fait ça pour moi ! s'exclama Lola.

— Tu n'as jamais été la Gardienne, répondit Phyllis en riant doucement.

— Il venait comme ça quand Simon l'appelait ? demanda Devlin, incrédule.

— Eh bien, non. Le livre était généralement conservé dans le coffre-fort du bureau des avocats. Quand Simon était malade, il a demandé qu'on lui apporte le livre. Je ne pense pas qu'il lui soit jamais venu à l'esprit de l'appeler, dit Phyllis, l'air stupéfaite.

— C'est trop cool ! dit Lola. Ouvre-le ! le pressa-t-elle.

Devlin mit délicatement un doigt sous le coin inférieur de la couverture et souleva. Ça ne bougea pas. Il saisit le livre à deux mains et essaya de séparer les pages quelque part au milieu ; toujours sans succès.

— Peut-être devrais-tu te présenter. Dis ton nom complet, suggéra Phyllis.

Ils regardèrent avec une attention soutenue Devlin carrer les épaules et dire : — Joseph Devlin Johansson Evers.

Il y eut un scintillement dans l'air au-dessus du livre et il trembla légèrement. La couverture s'ouvrit à la deuxième page et Devlin vit son nom inscrit sous celui de son père. Il sourit et tourna le livre pour le montrer à Lola et Phyllis, rayonnant.

La page se tourna d'elle-même et Devlin fixa la page blanche. Quand les mots commencèrent à apparaître, Devlin les lut à haute voix au cas où ils disparaîtraient à nouveau avant que Lola et Phyllis ne puissent les lire.

— Cher Devlin,

Les Ancêtres accueillent leur nouveau Gardien. Tu es le gardien des Clés et de ce livre que nous appelons les Archives. C'est à la fois un manuel d'instructions et une chronique des Gardiens passés. Le contenu est en constante expansion et s'adaptera à tes besoins spécifiques. Ainsi, puisque tu es un Sauteur de Mondes et que ta sœur est une Marcheuse du Temps, ces sujets ont été ajoutés. De plus, comme tu possèdes des capacités télépathiques, tu peux formuler des demandes verbales au livre et il s'ouvrira à la page ou à la section appropriée. Ta sœur et ta tutrice ne peuvent consulter le livre qu'en ta présence. S'il y a une autre personne présente, le livre restera fermé ou apparaîtra vierge à l'intrus. Bien que tous les soins aient été--

Ils entendirent des pas dans le couloir et le livre se referma de lui-même. Avant qu'il ne disparaisse à nouveau vers des lieux inconnus, Devlin lui dit d'aller dans sa chambre. Il disparut et Devlin espéra qu'il était allé au bon endroit.

Jackson passa la tête dans la véranda. — Phyllis, Edward est au téléphone pour vous, dit-il. Phyllis se leva, s'excusa et dit à Lola et Devlin qu'ils pourraient reprendre leur discussion après le déjeuner.

Devlin vérifia l'heure et regarda Jackson. — C'est l'heure des leçons sur le domaine, n'est-ce pas ? demanda-t-il. Jackson rit et acquiesça. — Allez mon pote, on a presque fini, dit-il. Puis à Lola, il dit : — Bonjour, Lola. Elle répondit de la même manière et se leva.

Quand Jackson et Devlin se dirigèrent vers la bibliothèque, Lola se dirigea vers la cuisine pour demander à Marie où elle pouvait trouver un thermos.

— Pourquoi as-tu besoin d'un thermos ? demanda la femme de ménage âgée.

Lola expliqua son idée, et Marie eut une solution encore meilleure.

— Pourquoi ne te ferais-je pas une cafetière ? Nous avons une de ces carafes qui garde le café chaud et peut contenir environ quatre tasses, suggéra-t-elle.

— Ce serait divin ! s'écria Lola.

— Je vais laisser le plateau sur le comptoir de la cuisine avec de la crème, du sucre et un petit en-cas pour vous faire patienter, dit-elle avec un clin d'œil.

— Merci, Marie ! Tu es la meilleure, s'exclama Lola en sortant de la cuisine en sautillant.

DEVLIN ET JACKSON étaient dans la bibliothèque, penchés sur l'ordinateur portable de Jackson. Ils avaient passé en revue les dossiers physiques de la bibliothèque et ceux stockés dans le grenier. Jackson avait dressé une liste des tâches quotidiennes, hebdomadaires, mensuelles et annuelles qu'il accomplissait et les avait expliquées en détail. Tout était soigneusement rangé dans un classeur sur le bureau de la bibliothèque. Ce qu'ils examinaient maintenant, c'était le logiciel d'investissement que Jackson utilisait pour suivre, acheter et vendre leurs actions. Devlin semblait mal à l'aise. Personne n'avait mentionné le trading journalier. Jackson expliqua qu'ils avaient des conseillers financiers pour les portefeuilles plus importants. Jackson avait demandé l'autorisation de gérer une plus petite portion des actifs pour investir dans des marchés durables.

— Mais tu n'as pas vraiment besoin de gérer les actifs toi-même. Tu dois seulement rencontrer la société de courtage une fois par trimestre pour examiner leurs progrès et apporter les changements d'orientation que tu souhaites, dit-il. Devant l'expression confuse de Devlin, il ajouta : Par exemple, investir davantage dans l'éducation ou l'agriculture. Devlin acquiesça.

— Mais ne t'inquiète pas, Phyllis assiste également aux réunions et elle continuera probablement à y assister jusqu'à ce que tu aies au moins vingt et un ans, ou jusqu'à ce que vous soyez tous les deux convaincus que tu peux gérer seul, conseilla-t-il.

— Et c'est à peu près tout, conclut-il. Demain, je te laisserai gérer les tâches quotidiennes et quelques-unes des hebdomadaires, et je resterai dans les parages pour répondre à tes questions. On fera ça aussi la semaine prochaine jusqu'à ce que tu aies le coup de main. Qu'en penses-tu ? demanda-t-il.

— Ça me semble être un bon plan. Merci pour ton enseignement patient, Jackson, répondit Devlin.

— Pas de problème, mon pote, dit-il. Je meurs de faim, allons voir ce qu'il y a pour le déjeuner, suggéra-t-il.

CHAPITRE 19
EVERS

Après le petit-déjeuner, Lola emporta la montre dans sa chambre et prit de nombreuses photos avec son téléphone et sa tablette. Elle imprima les images les plus nettes.

Elle passa la matinée à étudier les images et à prendre des notes dans l'un de ses journaux reliés en cuir. Elle passa des heures à faire des recherches en ligne sur des montres similaires ou toute mention de voyage dans le temps, mais ne trouva que de la fiction.

Ce qui la tracassait, c'était que Simon avait menti. Il avait dit qu'il n'était pas vraiment sûr de comment il pouvait lui rendre visite dans le futur. Il n'avait jamais mentionné la montre. Voulait-il dire qu'il avait accidentellement réussi à faire fonctionner la montre mais ne savait pas comment modifier les paramètres ?

Lola mourait d'envie de consulter les Archives. Si Simon était vraiment un Marcheur du Temps, il aurait sûrement trouvé les chapitres sur le voyage dans le temps dans le livre. Ils devaient expliquer comment utiliser la montre. D'un autre côté, ni Phyllis ni Simon ne savaient quoi que ce soit sur l'Académie. De plus, c'était Edward qui avait suggéré à Simon de chercher des incantations dans le livre. Edward semblait plus familier avec les Archives que Simon. Simon avait peut-être à peine regardé le livre jusqu'à ce qu'il tombe malade et soit obligé de rester près de chez lui.

PHYLLIS, Lola et Devlin se retrouvèrent dans la Salle d'Étude après le déjeuner pour poursuivre l'exploration du livre commencée le matin. Une fois qu'ils furent assis, Devlin appela le livre et celui-ci apparut.

Lola et Phyllis applaudirent et Devlin bomba légèrement le torse. Il ouvrit le livre à la page où il avait commencé à lire le message de bienvenue. Devlin fut soulagé de voir qu'il était toujours là et continua à lire à voix haute pour les dames.

— Bien que toutes les précautions aient été prises pour fournir un guide complet et précis aux nouveaux Gardiens, si vous ne trouvez pas de réponse satisfaisante à une question, vous pouvez faire appel au Conseil des Anciens. Comme il existe de nombreux Gardiens à travers le monde, ils ont été répartis en petits Conseils de dix à douze Gardiens. Il n'est pas nécessaire d'être âgé pour être un Ancien. Le terme signifie Chef de Famille.

Il y a de nombreuses générations, les Gardiens commençaient à former leurs fils dès leur dix-huitième anniversaire et prenaient leur retraite dès que le jeune homme était prêt à assumer les responsabilités. Les anciens Gardiens rejoignaient alors le Conseil des Anciens.

Entre les guerres, les famines, les épidémies et les chasses aux sorcières, les Anciens mouraient avant de pouvoir transmettre leurs connaissances, ou leurs héritiers mouraient avant de pouvoir les recevoir ou même avoir des enfants. Les lignées familiales furent brisées et les Clés disparurent.

Un jour, les Anciens restants rencontrèrent le Conseil des Êtres Magiques Terrestres pour demander leur aide. Une solution fut proposée : créer un établissement d'enseignement dans un endroit sûr où les Voyageurs pourraient apprendre leur héritage et les Gardiens leurs responsabilités. Il y aurait également des cours pour les plus rares Marcheurs du Temps et Sauteurs de Mondes.

La plupart des Anciens approuvèrent ce plan et commencèrent à mettre en commun leurs connaissances pour produire un livre qu'ils appelèrent l'Archivum. Comme leur espérance de vie était bien plus longue que celle des humains, l'Archivum fut confié au Conseil des Êtres Magiques Terrestres qui accepta d'héberger l'école, de mettre à jour l'Archivum et de former les enfants.

Cependant, l'un des Anciens, Archibald, n'était pas d'accord avec ce plan, bien qu'il n'ait pas initialement fait connaître ses objections. Il attendit que l'Archivum soit terminé ; cela prit de nombreux mois. Les Anciens se réunissaient trois fois par semaine et écrivaient à tour de rôle les informations qui devaient être ajoutées au livre. Un scribe fut engagé pour produire la copie finale afin qu'elle soit lisible et uniforme. Pendant un mois, le scribe vécut dans la maison de réunion des Anciens afin de pouvoir accomplir sa tâche, sans être observé ni dérangé.

Comme Archibald était un homme très riche, il paya le scribe pour traduire les notes du latin à l'anglais. Tenu au secret, le scribe écrivit une seconde copie, en anglais, du manuscrit demandé. Une fois la tâche accomplie, l'Ancien paya le scribe et disparut avec le volume relié en cuir.

Il s'embarqua pour les Colonies et s'installa à Jamestown. Comme sa femme et son enfant étaient morts de la peste en Angleterre, il se lança seul dans cette aventure. Alors que beaucoup de ses compatriotes peinaient dans la colonie, il prospérait, principalement grâce à sa capacité à Voyager et à obtenir des provisions du monde entier au lieu de devoir compter sur les navires marchands.

En 1697, il rencontra Emmeline Evers, une sorcière qui avait échappé indemne aux procès des sorcières. En partie parce qu'elle était une puissante sorcière qui pouvait passer inaperçue, en partie parce qu'elle était la fille de Lord John Evers, un propriétaire terrien éminent. Lady Emmeline était beaucoup plus jeune qu'Archibald et très belle. Elle avait de nombreux prétendants. Mais elle pouvait sentir la magie qui émanait de lui et était encline à accepter sa demande en mariage, pensant qu'il serait plus ouvert d'esprit et qu'elle n'aurait pas besoin de le contrôler par la magie.

Pour tester son caractère, lors d'une de leurs sorties, elle lui dit qu'elle était fille unique et hériterait du domaine de son père. S'ils se mariaient, il aurait le contrôle de sa fortune. Elle lui demanda s'il envisagerait de donner à leurs enfants le nom d'Evers afin que son héritage puisse vivre pour les générations futures. Non seulement il accepta, mais il dit que lorsque son père mourrait, il changerait lui-même son nom en Evers. Ils se marièrent le printemps suivant.

En 1699, Lord Evers mourut. Archibald et sa femme, maintenant enceinte, s'installèrent dans le Manoir Evers à Williamsburg, alors capitale de Virginie. Comme promis, Archibald entreprit de changer son nom en Evers. Le domaine avait un avocat sous contrat, un jeune homme nommé George Radcliff. Les papiers furent déposés et Archibald devint Archibald Evers, le premier des Ancêtres.

Devlin s'arrêta de lire. Il avait fait quelques courtes pauses pendant sa lecture pour boire de la bouteille d'eau que Lola avait posée devant lui. Phyllis et Lola avaient été captivées et clignèrent des yeux quand elles réalisèrent qu'il avait arrêté de lire.

— C'est tout ? Que s'est-il passé ensuite ? Et les Clés, la montre et la bille ? Pas de mention à leur sujet ? demanda-t-elle, essayant de se pencher plus près du livre depuis sa place.

— Ma chérie, il doit y avoir plus de mille pages dans ce livre. Je suis sûre qu'il y a des réponses à tes questions quelque part là-dedans, dit patiemment Phyllis.

— Eh bien, cela explique le mystère du livre en anglais et pourquoi aucun Evers n'a fréquenté l'Académie. Nous sommes des rebelles ! s'exclama-t-il.

— Et, semble-t-il, en partie sorciers, dit Lola.

— C'est peut-être de là que tu tiens tes capacités de télépathie, suggéra Phyllis. Tout cela est très excitant. Penser que nous Voyageons depuis des années sans rien savoir de tout cela ! ajouta-t-elle.

— Pendant que Devlin reprend son souffle, que diriez-vous que je vous montre les photos que j'ai prises de la montre, proposa Lola. Elle les sortit du dossier et les étala sur la table.

— Une fois agrandies, les images révèlent beaucoup de choses, commença-t-elle. Regarde, celle-ci vient du côté des Ancêtres. Il y a en fait six rangées de symboles et de chiffres. La première va de un à trente et un, donc c'est évidemment le jour. La deuxième concerne les mois, tu vois les lettres ici ? dit Lola, en pointant sur l'image les lettres de J à D. Les quatre suivantes sont des chiffres de 0 à 9, que je pense être pour l'année. Quand j'ai touché la montre, je pouvais sentir chacun des cadrans. La question est : si tu veux Voyager à une heure précise de la journée, tu y penses simplement comme tu penses à l'endroit ? Ou tu arrives à la même heure que l'heure actuelle ? demanda Lola, à personne en particulier.

Mais le livre écoutait et s'ouvrit à une page sur le Voyage dans le passé. Lola se redressa d'un bond et s'empara du livre. Il ne recula pas et ne disparut pas. Elle le tint plus légèrement et lut le passage.

— La marcheuse du temps arrive à la même heure locale que celle d'où elle vient. Il faut donc faire les calculs nécessaires à l'avance pour éviter d'arriver à un moment inopportun.

La marcheuse du temps reviendra dans la minute suivant son heure de départ, quelle que soit la durée passée dans le passé. Il n'y a pas de règles quant à la durée que l'on peut passer dans le passé. Il est préférable de ne pas rester au-delà de sa date de naissance. Il n'y a pas de danger corporel. Cependant, si la présence de quelqu'un dans le temps précédant sa naissance a créé une ondulation, cela pourrait avoir un impact sur les événements de son enfance ou ses expériences de vie, ce qui, à son tour, changerait qui elle devient dans le futur. Puisque la future marcheuse du temps vit actuellement dans le passé, elle deviendrait confuse au-delà de toute mesure et pourrait, en fait, devenir folle.

— Ok, donc pas de Voyage pendant sa propre vie, compris, dit Lola, en s'appuyant sur la table.

— Et pour le futur ? Tu dois attendre que ton futur toi soit mort pour le visiter ? demanda Devlin.

Le livre tourna quelques pages en avant et attendit qu'ils lisent la réponse.

— Lors d'un Voyage dans le futur, il n'est pas nécessaire d'éviter sa propre durée de vie. On peut, si on le souhaite, se rendre visite à soi-même, en prenant soin de le faire après avoir pris conscience qu'on est une marcheuse du temps pour éviter tout stress inutile. Puisque le futur n'est pas encore produit, il n'y a aucun danger à interagir avec soi-même. À moins qu'on n'ait déjà visité un futur beaucoup plus lointain. Alors nous recommanderions de ne pas trop s'attacher à ce futur, car il changera probablement. C'est là que réside le dilemme du Voyage dans le futur — il est aussi éphémère que le sable s'échappant d'un sablier.

— Une tentative d'humour ? Ou peut-être de philosophie ? railla Devlin.

Phyllis se leva de sa chaise et commença à étirer ses bras au-dessus de sa tête.

— Plus probablement les réflexions d'une marcheuse du temps expérimentée qui a été déçue maintes et maintes fois par ses séjours dans le futur, dit-elle. Je ne sais pas pour vous deux, mais j'en ai plus qu'assez d'être assise et je crois avoir atteint mon point de saturation avec cette affaire, conclut-elle. Vérifiant sa montre, elle ajouta : Je vais faire une promenade au bord de la Tamise, il reste environ une demi-heure avant le coucher du soleil et les couleurs sont magnifiques. On se voit au dîner !

Elle leur envoya un baiser dans leur direction générale et quitta la pièce.

— Phyllis a raison, nous sommes restés enfermés toute la journée. Nous devrions prendre l'air, suggéra Lola.

— Où voudrais-tu aller ? Nous pouvons faire une promenade, nager dans la piscine, ou prendre les vélos pour visiter la ville. Tu pourrais me présenter à Bonnie à la bibliothèque. Ou, nous pourrions Voyager quelque part, dit Devlin, avec un regard malicieux.

— Ce sont toutes de bonnes options. Tu avais une destination de Voyage particulière en tête ? demanda-t-elle, essayant de lire dans ses pensées — mais il ne partageait rien.

— Il y a tellement d'endroits que je veux visiter, mais je ne pense pas que nous ayons assez d'expérience pour aller dans des lieux où nous n'avons jamais été auparavant. Aussi, j'adorerais t'emmener voir mes endroits préférés à Stockholm, mais nous aurions besoin d'au moins une journée pour cela, répondit-il.

— À la bibliothèque à vélo, alors. Tu te rends compte que j'aurai peut-être besoin d'un cours de rattrapage et de petites roues, dit-elle en se levant et en rassemblant les photos sur la table.

Devlin ferma le livre et le glissa sous son bras.

— Ça te reviendra, j'en suis certain. On se retrouve devant le garage dans quinze minutes ? demanda-t-il. Lola acquiesça et ils allèrent dans leurs chambres pour se changer.

CHAPITRE 20
VÉLOS

Le vieux cliché avait raison, faire du vélo, ça ne s'oublie pas, et après avoir vérifié les directions sur leurs téléphones, le duo était parti. C'était assez simple et cela leur prit environ trente minutes car ils purent couper à travers un grand champ et emprunter la piste cyclable qui menait directement à la bibliothèque.

— On ne peut passer qu'une heure et demie en ville si on veut rentrer à temps pour se doucher et se changer pour le dîner, dit Lola. Je devrais peut-être te faire faire un rapide tour de la ville avant qu'on n'entre dans la bibliothèque. C'est parfois difficile d'en sortir une fois que j'y suis, ajouta-t-elle en riant.

Il acquiesça et ils attachèrent leurs vélos sur le rack devant la bibliothèque. Elle lui montra l'épicerie où elle avait travaillé pendant quelques jours, certaines des boutiques préférées de Phyllis, et le kiosque à musique de la ville. Ce fut une visite rapide. Ils retournèrent à la bibliothèque et y entrèrent.

Bonnie portait ses patins à roulettes habituels et quand Lola présenta Devlin comme son frère, elle faillit tomber sur place. Devlin lui attrapa le bras pour la stabiliser et lui demanda si elle allait bien.

— Eh bien, je suis abasourdie ! D'où as-tu dit que tu venais, mon chou ? dit-elle, en se redressant et en fixant le visage angélique de Devlin.

— Je viens de Suède. C'est une longue histoire, dit-il en riant.

— Viens me raconter pendant que je vous fais visiter, dit-elle en leur faisant signe de la suivre.

C'était la même visite qu'elle avait faite à Lola, sauf que cette fois, elle s'attarda et donna plus de détails sur certains aspects de l'histoire locale puisque Jackson n'était pas là à lever les yeux au ciel et à regarder sa montre. Quand ils arrivèrent à la petite pièce fermée à clé, Devlin lui demanda s'il pouvait y jeter un coup d'œil rapide. Bonnie rit et dit : — Il est vraiment ton frère !

— Alors vous vous êtes rencontrés dans un camp d'été comme dans À nous quatre ? plaisanta Bonnie.

— On pourrait dire ça, bien qu'on ne soit pas jumeaux. Devlin a dix-huit ans.

Elle les ramena au comptoir et demanda s'il voulait une carte de bibliothèque.

— Oui, s'il vous plaît ! dit Devlin, ravi.

Bonnie tapa sur l'ordinateur, scanna la carte et la lui tendit.

— Ne la perds pas, mon chou, ou ça te coûtera cinq dollars pour la remplacer. Celle-ci est gratuite ! dit-elle avec un clin d'œil. Devlin prit la carte et la remercia.

— Il y a un feu de camp à la ferme de Patty ce soir si vous voulez venir, dit-elle, plus à Devlin qu'à Lola.

— D'abord, qui est Patty ? Où est sa ferme ? Et à quelle heure est le feu de camp ? demanda Lola, ne sachant pas trop comment répondre.

— Patty, c'est Patricia Wilcox. Elle était à l'école avec Jackson et moi. Tu ne l'as pas encore rencontrée parce qu'elle voyageait en Europe avec la famille de son petit ami quand la saison estivale a commencé. Et la ferme de son père est à environ huit kilomètres de la ville, en direction de l'est. Je peux t'envoyer l'adresse par texto. Le feu de camp commence au coucher du soleil, donc je dirais vers 21 heures. C'est BYOC, dit-elle.

Devlin regarda Lola, mais elle ne savait pas non plus.

— C'est quoi BYOC ? demanda-t-elle.

— Bring Your Own Chair, apportez votre propre chaise, idiote, répondit-elle.

— Ah d'accord ! Envoie-moi les détails par texto. Je vérifierai avec Phyllis ce qui se passe ce soir et je te tiendrai au courant, répondit Lola avec désinvolture, sachant pertinemment qu'il n'y avait qu'une très mince chance qu'ils assistent au feu de camp. Elle devrait en parler avec Devlin, mais elle était presque sûre que c'était aussi un refus pour lui.

Ils dirent au revoir et quittèrent la bibliothèque. Une fois sur leurs vélos, Lola demanda à Devlin ce qu'il pensait de l'idée du feu de camp.

— Je ne suis pas sûr. J'aime beaucoup Bonnie, mais j'ai l'impression que la foule au feu de camp sera du genre à trop boire et à parler trop fort. De plus, nous sommes souvent épuisés à 21 heures et nous nous levons tôt le matin, dit-il.

— Ouais, je suis tout à fait d'accord. Je suppose qu'on est les ados les plus nuls du comté ! s'exclama Lola. En plus, on ne sait pas à quoi s'attendre pour la fête à la maison ce samedi, ajouta-t-elle.

— C'est vrai. J'avais oublié. Et nous recevons des invités demain soir, c'est bien ça ? demanda-t-il. Lola hocha la tête et envoya rapidement un texto à Bonnie pour lui dire qu'ils ne pourraient pas venir.

— Oui, les enfants sont Sheila et Matthew. Ils sont super sympas. Le dîner prend beaucoup de temps, mais la dernière fois, on est allés sur la véranda après et on a joué aux cartes.

— En Suède, mes amis et moi nous réunissions pour jouer à des jeux et, à part pour les tournois, nos soirées ne finissaient jamais très tard, ajouta Devlin.

— À quels types de jeux ? demanda Lola.

— Des jeux vidéo comme Minecraft et Diavolo, mais aussi des jeux comme Donjons et Dragons, Stratego et les échecs. Tu joues aux échecs, Lola ? dit Devlin.

— Waouh, pas étonnant que tu t'entendes bien avec James et Colin ! Je suis vraiment nulle aux échecs, mais si tu veux jouer, tu peux demander à Jackson avant qu'il ne parte. Ou tu pourrais essayer de m'apprendre, dit-elle en riant.

— Oui, j'adorerais t'apprendre. Il y a un jeu à la maison ? demanda-t-il.

— Dans la bibliothèque, répondit Lola.

Ils pédalèrent en silence pendant un moment avant que Lola ne rompe le silence.

— Tu n'es pas curieux de savoir comment sauter entre les mondes avec ta bille ? demanda-t-elle.

— Peut-être pas autant que tu l'es à propos de la Marche du Temps parce que le Directeur me l'a expliqué et m'a montré comment ça fonctionne sur son portail, répondit-il. Mais j'ai hâte d'essayer ! admit-il.

— Mais tu penses que tu as besoin d'un portail ? demanda-t-elle.

— On peut demander au livre plus tard si tu veux, dit-il avec un petit rire.

— C'était une bonne idée. Laissée à moi-même, je serais probablement encore penchée sur ce livre, à griffonner des notes comme une savante folle, dit Lola, prenant une profonde inspiration d'air frais de la campagne et expirant avec contentement.

— Oui, c'est vraiment joli ici. La flore est différente de celle de la Suède, répondit Devlin.

— Comment ça ? demanda Lola.

— Eh bien, étant dans le sud, c'est très luxuriant ici avec des fougères, des arbustes et des vignes. La majeure partie de la Suède est couverte d'arbres conifères, principalement des épicéas et des pins. La partie sud du pays a quelques arbres à feuilles caduques, comme le hêtre, le chêne, l'orme, le frêne et l'érable. Le climat ressemble à celui de la Nouvelle-Angleterre, dit-il en observant son environnement.

— Je ne m'y connais pas en plantes et en végétation, mais ça me semble correct. J'ai vécu à Baltimore avant de déménager ici et la végétation y était rare, répondit-elle en riant. Phyllis est vraiment passionnée de jardinage. Il y a probablement beaucoup de livres sur le sujet à la bibliothèque si ça t'intéresse, suggéra-t-elle.

— Ma mère avait la main verte. Elle faisait partie du jardin communautaire, dit-il avec tendresse. Mais ça ne m'a jamais vraiment intéressé, à part manger les légumes qu'elle ramenait à la maison, bien sûr, ajouta-t-il avec enthousiasme.

— Je suis d'accord avec toi. Tout ce qui sort du jardin de Phyllis est délicieux. Bien meilleur que tous les légumes que j'ai pu acheter en magasin. C'est génial qu'elle puisse les cultiver toute l'année, dit Lola.

Ils s'engagèrent dans l'allée qui menait au Manoir et ramenèrent les vélos au garage. Entrant par la buanderie, ils passèrent devant la cuisine. Ça sentait vraiment bon. Comme de l'ail ou des oignons, mais tout était impeccable. Le dîner devait être au four.

Ils montèrent pour se doucher et se changer.

— APRÈS LE DÎNER, j'aimerais passer en revue ta garde-robe avec toi Devlin, mon chou, pour voir ce qu'il faudrait acheter pour le reste de la saison, dit Phyllis alors qu'ils s'asseyaient pour dîner. Au menu ce soir-là, il y avait un plat de cannellonis aux épinards et à la ricotta, du pain à l'ail et une salade verte. Pour le plus grand plaisir de Lola, ils avaient un crumble aux pêches avec de la glace en dessert. C'était la première fois que Devlin en goûtait et il était conquis.

— C'est délicieux, Phyllis. Vous avez tout cuisiné vous-même ? demanda Devlin.

— J'ai bien peur que non, mon chou. C'est Marie qui a tout fait, répondit Phyllis. Tout ce que j'ai fait, c'est mélanger la salade et mettre les lasagnes au four pour les réchauffer, ainsi que le crumble. Je ne manquerai pas de dire à Marie que tu as apprécié, ajouta-t-elle.

— Je le lui dirai moi-même demain ! répliqua-t-il.

— Phyllis est une excellente cuisinière. Elle a préparé notre dîner dimanche soir. Elle fait la plupart de nos repas du week-end. Mais on dirait qu'elle aura un peu de répit samedi soir et dimanche matin, dit Lola avec un clin d'œil.

— Ce qui me fait penser, dit Phyllis. Je vais interviewer les trois couples demain matin. Devlin, je sais que tu seras occupé avec Jackson. Mais Lola, ça ne te dérangerait pas d'assister aux entretiens ?

— Bien sûr, j'adorerais, répondit Lola.

— Ça me convient parfaitement. Je ne saurais pas quelles questions

125

poser. Et si je pense à quelque chose, je le dirai à Lola, dit-il avec un clin d'œil.

— Bien, il vaut mieux que je ne prenne pas cette décision seule, dit Phyllis.

Ils discutèrent des révélations de l'après-midi tirées du livre et se demandèrent quand ils reprendraient la lecture.

— Je pense que ça devra attendre lundi, dit Lola, visiblement contrariée. Demain matin, nous avons les entretiens, puis le shopping, puis le dîner avec les Maxwell. Samedi matin, nous devrons faire nos bagages et nous préparer pour la soirée, et nous serons de retour dimanche à l'heure du déjeuner. Je suppose que nous serons fatigués. Dimanche soir, Jackson dînera avec nous, donc nous ne pourrons pas discuter de quoi que ce soit en détail, conclut Lola.

— Si vous voulez continuer à explorer sans moi, allez-y. Tenez-moi juste au courant de vos découvertes, dit Phyllis.

— Je pense que Lola a raison. Cela devra attendre lundi. Je préfère que tu sois incluse dans l'exploration initiale. Plus tard, Lola et moi pourrons demander des éclaircissements et des détails au livre, dit Devlin, cherchant la confirmation de Lola du regard. Elle acquiesça avec emphase.

— Aussi curieuse que je sois, nous avons beaucoup de choses à faire et c'est nos vacances d'été. On devrait s'amuser, non ? dit-elle.

— Tout à fait ! dit Phyllis, levant son verre de vin et leur faisant signe de lever leurs verres de thé glacé. À un été inoubliable de plaisir et de soleil ! s'exclama-t-elle.

Ils trinquèrent et reprirent leur repas.

Après le dîner, comme promis, Phyllis se rendit dans la chambre de Devlin pour examiner sa garde-robe, armée d'un stylo et d'un bloc-notes. Lola ne les rejoignit pas, préférant vérifier ses messages, à la fois les textos et les e-mails, puisque les téléphones n'étaient pas autorisés à table et qu'elle n'avait pas eu le temps de vérifier son téléphone de toute la journée.

Elle était dans son alcôve, lisant les échanges de messages concernant la fête de Tom sur l'application que ses amis utilisaient pour communiquer. Tom avait apparemment posé une question avant de partir en vacances et avait ajouté Lola et Devlin à la conversation. Elle avait vu le lien dans ses e-mails mais ne savait pas ce que c'était jusqu'à ce que Sara lui demande pourquoi elle n'était pas sur l'application. Alors elle l'a téléchargée, s'est connectée et a rejoint la conversation. Ou plutôt, elle a essayé de suivre le fil de la discussion qui durait depuis trois jours. La question initiale était :

Veuillez choisir l'un des thèmes suivants et dire pourquoi c'est votre préféré ou comment nous pourrions le mieux l'exploiter. 1-Les speakeasies des années 1920 2-Disco Inferno 3-Casino Royale.

Jusqu'à présent, le thème le plus populaire était celui des speakeasies des années 1920. Lola vit que Devlin avait répondu la nuit dernière. Il aimait le thème Casino Royale parce qu'il était bon au poker. Lola avait voté pour Disco Inferno parce qu'elle adorait la musique, les pantalons pattes d'éléphant, et qui n'aimait pas une boule disco !

Elle n'avait pas entendu frapper à la porte, alors elle faillit tomber de sa chaise quand elle entendit Phyllis au bas de l'escalier en colimaçon l'appeler.

— Phyllis, tu m'as fait peur ! Je ne t'ai pas entendue entrer, dit-elle en descendant les escaliers.

— Je suis désolée, ma chérie. Je suis juste venue te dire bonne nuit et voir si tu avais besoin de quelque chose pour l'expédition shopping de demain, dit-elle en se tournant vers le placard.

Lola la suivit à l'intérieur. — Je ne pense vraiment pas. Tu m'as acheté des vêtements pour à peu près toutes les occasions. Nous devrons peut-être faire un rapide voyage la semaine prochaine pour la fête de Tom. Je viens de voir les thèmes proposés et je ne suis équipée pour aucun d'entre eux ! dit-elle, énumérant les choix.

— Je m'en occupe, ma chérie. J'ai quelque chose d'incroyable pour chacun de ces thèmes dans ma garde-robe. Ne t'inquiète pas ! Et si ceux-là ne conviennent pas au thème, nous demanderons à Madame Beaufort de te confectionner quelque chose sur mesure, dit Phyllis.

Phyllis sélectionna les articles que Lola devrait apporter pour la soirée et les suspendit ensemble sur l'un des portants. Puis, décidant que Lola avait tout ce dont elle avait besoin, elle l'embrassa sur la joue et lui souhaita bonne nuit.

Lola retourna à ses e-mails et répondit à Jane et Sara, puis éteignit son ordinateur portable et alla se préparer pour aller au lit.

CHAPITRE 21
LA BILLE

Elle venait de finir de se brosser les dents quand elle entendit un cri dans sa tête. *Lola, viens ici !* Devlin avait l'air excité, ou effrayé. *Où es-tu ?* Elle supposait qu'il était dans sa chambre, mais ça ne coûtait rien de demander. *Dans ma chambre, viens vite.*

Elle enfila ses pantoufles et se précipita vers sa chambre, donnant un coup rapide avant d'entrer.

Il se tenait devant sa porte rouge. Il avait sa clé dans sa main droite — elle pouvait voir la chaîne qui en pendait. Mais il tenait quelque chose d'autre dans sa main gauche.

— Qu'est-ce que c'est ? Il s'est passé quelque chose à la maison de ville encore ? demanda-t-elle, marchant rapidement vers lui et scrutant sa main. C'était sa bille.

— Regarde, dit-il, hochant la tête vers la porte.

Elle regarda la porte et, au début, ne put voir ce qu'il pointait. Mais c'était là. Du même côté que la poignée, un creux rectangulaire dans la porte avec une sorte de prise au centre. C'était à peu près de la taille d'un interrupteur ; la prise était vraisemblablement pour la bille.

Sa mâchoire tomba et elle se tourna vers lui avec stupéfaction.

— Alors c'est pour ça que ta porte est rouge ! Pour la distinguer des

129

portes de voyage ordinaires. La prise est apparue quand tu as tenu la bille ? demanda-t-elle, fascinée.

— Oui ! Je cherchais un livre dans ma malle et j'ai décidé d'ouvrir la boîte en bois pour regarder la lettre et la bille. Elle scintillait un peu, comme si elle voulait que je la prenne. Quand je l'ai prise, je pouvais la sentir pulser dans ma main et le pouvoir a traversé tout mon corps. Tu as ressenti ça quand tu as pris la montre ? demanda-t-il.

— Elle était chaude au toucher, mais rien de comparable à ce que tu décris. Et ensuite, que s'est-il passé ? le pressa-t-elle.

— J'ai senti ma clé devenir chaude sur ma poitrine, si chaude que j'ai dû la soulever de peur qu'elle me brûle, mais quand j'ai tenu la clé dans ma main, elle n'était pas chaude. La porte est apparue et il y avait la prise, dit-il en la montrant du geste.

— Je devrais ouvrir la porte ? demanda-t-elle malicieusement.

— Non ! Oui ! Je ne sais pas, répondit-il, incertain.

— Allez, on va juste l'ouvrir et parcourir les options. Quel mal ça pourrait faire ? dit Lola, hochant vigoureusement la tête, comme pour l'encourager.

Il y eut un coup à la porte. Lola alla ouvrir, l'entrebâillant à peine pour voir qui c'était. Mais il n'y avait personne de l'autre côté.

Elle revint et ils entendirent à nouveau le coup. C'est au troisième coup qu'ils réalisèrent qu'il venait de la porte rouge.

— Qui est-ce ? demanda Lola d'une voix tremblante.

— C'est le directeur Lianon. Puis-je entrer ? entendirent-ils de l'autre côté de la porte.

Lola s'apprêtait à ouvrir la porte, mais Devlin l'arrêta.

— Attends. Et si c'était un piège, un imposteur ? Demande-lui quelque chose que lui seul saurait, suggéra Devlin.

Lola réfléchit une minute. Puis elle sourit et demanda : — Qu'avez-vous demandé que je récupère dans ma chambre quand nous étions à l'Académie ?

— Votre copie des Archives, répondit-il rapidement.

Lola regarda Devlin et il hocha la tête. Il tenait toujours sa clé et la bille comme si c'étaient des dispositifs incendiaires et qu'une bombe allait exploser s'il bougeait ne serait-ce que d'un centimètre.

Lola tourna la poignée et poussa la porte. Elle s'ouvrait sur le bureau du directeur, derrière son bureau. Il passait par sa fenêtre portail. Lola s'écarta pour le laisser passer.

— Bonsoir, les enfants, dit-il, se baissant sous le chambranle et entrant dans la pièce, fermant la porte derrière lui.

— Je m'excuse pour l'heure tardive et la visite inopinée non seulement à votre domicile, mais apparemment à vos quartiers privés. Mais j'ai été alerté quand vous avez accédé à votre prise. Pourrions-nous peut-être mettre la bille dans un endroit sûr pour le moment ? demanda-t-il, faisant un signe de tête vers la main de Devlin.

Devlin baissa lentement son bras et se tourna pour remettre la bille dans sa boîte. Le clavier disparut. Puis il remit sa clé autour de son cou et la porte disparut.

Le directeur cherchait des yeux un endroit où s'asseoir. Lola le vit regarder le bistrot devant la cheminée et suggéra qu'ils aillent dans son salon, juste à côté.

Il la suivit hors de la chambre de Devlin et fit une remarque sur les jolis tableaux accrochés dans le couloir. Devlin fermait la marche.

Une fois installés, Devlin et Lola attendirent que le directeur explique pourquoi il était là.

— Les Sauteurs de Mondes sont rares. À l'heure actuelle, il n'y en a pas plus de dix dans le monde. Il est difficile de savoir exactement combien il y en a car les billes sont souvent perdues quand un Sauteur de Mondes meurt, pour ne réapparaître que des années plus tard entre les mains d'un Voyageur apparenté. Quoi qu'il en soit, quand une bille est utilisée, elle apparaît sur la carte du monde à l'Île de Summerset, foyer des Elfes Anciens et Hauts. Quand une bille qui n'avait pas été utilisée depuis longtemps est utilisée, mes confrères m'alertent de l'emplacement et je Voyage là-bas pour enquêter. Dans ce cas, quand on m'a donné les coordonnées, j'ai su exactement ce qui se passait et je me suis dépêché de venir avant que les choses ne tournent mal, expliqua-t-il.

Lola et Devlin échangèrent un regard coupable. — C'était un accident, dit Devlin, expliquant comment il en était venu à tenir à la fois la clé et la bille.

— Nous allions juste parcourir les destinations, chuchota Lola.

— Oui, je comprends. C'était une folie innocente, dit-il patiemment. Mais voyez-vous, quand vous « parcourez » comme vous dites, vous ouvrez en fait un portail, que vous traversiez dans le monde ou non. Si un être dans l'un des mondes souhaite sortir, il pourrait traverser dans notre monde par le portail que vous avez commodément ouvert pour eux. Tous les mondes ne sont pas sûrs pour y voyager, et tous les êtres ne devraient pas être autorisés à sortir de leur monde, encore moins à entrer dans le nôtre, conclut-il.

— Je vois, dit Devlin, regardant Lola qui frissonna, imaginant une créature à trois têtes lâchée à Williamsburg, en Virginie, parce qu'elle voulait juste zapper sur le clavier.

— Je suis vraiment désolée, Monsieur le Directeur. Je ne savais vraiment pas, dit-elle avec contrition.

— Ce n'est rien. Vous ne saviez pas. C'est pour ça que nous avons une école. Et c'est malheureusement comme ça que beaucoup de Sauteurs de Mondes meurent, j'en ai peur, dit-il avec finalité. Lola et Devlin avaient tous deux l'air contrit, la tête baissée.

— Sur une autre note, je suis très inquiet au sujet de l'effraction dans votre maison de ville. Je crois que quelqu'un cherchait peut-être la bille ou la montre de poche. Voyez-vous, il y a pas mal de Voyageurs sans clé dans le monde, dit-il.

Devant le regard interrogateur de Lola, il expliqua :

— Quand un Voyageur fait un mauvais usage de sa clé, elle peut lui être retirée par son Gardien. Si un Voyageur enfreint les règles du Manuel, sa clé est automatiquement révoquée et renvoyée au Dépôt. Si la clé a été révoquée par le Gardien, elle peut être rendue. Mais si elle a été révoquée par magie, ils deviennent des Voyageurs sans clé. Ils conservent leur capacité à Voyager, c'est leur droit de naissance. Cependant, sans clé, ils ne peuvent pas Voyager seuls. Ils doivent Voyager avec quelqu'un d'autre.

— Que se passe-t-il si un Gardien fait un mauvais usage de sa clé ? demanda Devlin.

— Tout Voyageur qui est témoin ou soupçonne un mauvais usage d'une clé peut déposer une plainte auprès du Conseil des Anciens. Les

Voyageurs mineurs peuvent également me soumettre une plainte, si l'affaire nécessite une certaine délicatesse, expliqua-t-il.

— Alors que se passe-t-il pour les Voyageurs sans clé ? Et s'ils ont fait une erreur ou ne savaient pas qu'ils enfreignaient les règles ? demanda Lola, inquiète d'avoir pu, elle ou sa famille, enfreindre les règles par inadvertance.

— Quand une clé est révoquée par magie, c'est toujours pour une bonne raison et, comme la plupart des Voyageurs ont fréquenté l'Académie, ils connaissent généralement bien les règles, dit-il. Puis, voyant Lola se tordre les mains sur ses genoux, il ajouta : Si ton père et ta tante avaient enfreint les règles, leurs clés auraient été révoquées. Puisque ta tante utilise toujours la sienne, et que ton père a utilisé la sienne jusqu'à récemment, on peut dire sans risque qu'il n'y a eu aucune infraction. Tu peux te détendre, Lola.

— Maintenant, la plupart des Voyageurs sans clé continueront à Voyager avec un membre de leur famille ou un conjoint et ce n'est généralement pas un problème. Cependant, comme vous pouvez l'imaginer, il y a quelques brebis galeuses ici et là. Ils sont incapables d'accepter la perte de leur clé, de leur liberté, de leur pouvoir. Certains essaieront de voler la clé d'un autre Voyageur, par exemple, dit-il.

La main de Devlin alla directement à sa clé, la tapotant pour s'assurer qu'elle était toujours là.

— Ça peut vraiment arriver ? demanda Devlin.

— Ça peut, mais le voleur ne peut l'utiliser qu'une seule fois. Les clés perdues sont immédiatement renvoyées au Dépôt de la famille. Si quelqu'un volait ta clé, elle réapparaîtrait dans les vingt-quatre heures, expliqua-t-il.

— Comment le Gardien sait-il qu'une clé a été perdue, rendue ou même révoquée ? demanda Lola.

— Tout cela sera abordé en détail dans le cours des Gardiens à l'Académie, répondit le Directeur. Lequel d'entre vous assumera ces responsabilités ? demanda-t-il.

— Moi, répondit Devlin, se redressant. Le Directeur inclina la tête en signe de reconnaissance.

— Il suffit de dire que le Gardien le saura. Quant à savoir à qui appartient la clé, votre nom a été magiquement gravé sur le corps de la clé, dit-il. Lola et Devlin attrapèrent leurs clés et cherchèrent la gravure. — C'est invisible à l'œil humain, dit-il, riant de leurs visages confus. Vous devez prononcer une incantation pour révéler le nom du porteur de la clé, expliqua-t-il. Il se leva de son siège et se pencha sur eux. Il agita ses mains au-dessus des clés et l'écriture dorée apparut sur les clés pendant un moment avant de disparaître.

— Au fil des ans, il y a eu diverses tentatives pour acquérir des clés, mais la plupart ont échoué. Cependant, nous avons récemment entendu dire qu'une sorte de sorcier a commencé à recruter des Voyageurs sans clé pour former une alliance. On dit qu'il leur fournit un moyen de Voyager sans clés, dit le Directeur, faisant maintenant les cent pas comme s'il était agité.

— L'effraction à la Maison de ville n'était pas un événement isolé. D'autres Voyageurs ont subi des effractions, et il semble que tous possédaient soit une montre de poche, soit une bille, conclut-il.

— Ont-elles été volées ? demanda Devlin.

— Non, heureusement les objets n'étaient pas sur place à ce moment-là, dit-il. Ils avaient été mis en sécurité dans un coffre-fort à l'Académie, dit le Directeur, les regardant tous les deux d'un air entendu.

— C'est ce que vous voulez que nous fassions ? Remettre nos artefacts pour qu'ils soient gardés en sécurité ? demanda Lola.

— J'aimerais que vous en discutiez en famille et que vous me donniez une réponse dès que possible, répondit-il.

Il se leva et les regarda tour à tour avant de demander :

— Puis-je avoir confiance que la bille restera rangée dans cette boîte jusqu'à l'automne, quand il sera temps de recevoir une instruction appropriée ?

— Oui, monsieur, répondit Devlin.

— Et toi, jeune fille, puis-je avoir confiance que tu ne commenceras pas à tourner les cadrans de cette montre de poche ? demanda-t-il à Lola. Les yeux de Lola s'écarquillèrent. — Oui, je sais que tu as trouvé la montre. Elle est aussi suivie à Summerset, bien qu'il soit plus difficile de localiser précisément une montre spécifique et où elle est utilisée, expliqua-t-il.

— Oui, monsieur, répondit Lola.

— Très bien. J'attendrai votre décision concernant les artefacts. Si vous décidez de les laisser à l'Académie, nous organiserons un moment pour le transfert en toute sécurité. Sinon, je vous verrai dans trois semaines ! dit-il.

Il inspecta la pièce et contourna le canapé pour se tenir devant l'immense cheminée. Lola et Devlin se levèrent et se tournèrent pour l'observer.

Il fit un geste dans l'air et l'énorme fenêtre ronde apparut. Il y eut un scintillement, mais ils pouvaient clairement voir son bureau de l'autre côté. Il traversa le miroitement. C'était plus comme une brume qu'une ondulation d'eau, comme Lola l'avait vu dans les films.

— Monsieur le Directeur, s'écria-t-elle et il se retourna pour la regarder. Vous n'avez pas de bille ou de prise ? demanda-t-elle.

— Bien sûr que non, je suis un Haut Elfe ! s'exclama-t-il, et d'un geste de la main, le portail disparut.

CHAPITRE 22
CHANGEMENT

Le lendemain matin au petit-déjeuner, Lola et Devlin racontèrent à Phyllis leur rencontre avec le directeur.

— Oh là là. Imaginez un peu libérer une monstruosité d'un autre monde dans notre paisible comté ! dit-elle en s'éventant et frissonnant à cette idée. C'était moins une.

— C'est pourquoi je pense qu'il vaut mieux prendre notre temps avec les Archives et tout le reste. Nous devrions nous en tenir aux Voyages réguliers et à la pratique des incantations que nous avons apprises pour plus de sécurité, dit Devlin. Notre Ancêtre était pour le moins inhabituel, et son association avec une sorcière fait clairement de nous un type différent de Voyageur. Je crois que cela devrait s'accompagner d'un ensemble supplémentaire de responsabilités, conclut-il.

— Je n'aurais pas pu mieux dire, Devlin. Comme tu es mature pour ton âge, dit Phyllis.

— Visiblement, je ne suis pas aussi mature puisque c'était mon idée de commencer à consulter le catalogue des mondes, dit Lola en faisant la moue.

— L'important, c'est qu'il ne se soit rien passé et que vous ayez tous les deux appris de cette expérience. J'avoue que même moi, je me sens

137

un peu réprimandée. D'abord parce que Simon et moi voyagions à cœur joie, sans tenir compte des procédures de sécurité ou des incantations. On nous avait pratiquement donné une clé en nous disant de ne pas nous faire prendre en l'utilisant, dit-elle en riant. Bien que, maintenant que j'y pense, la situation soit assez similaire à la conduite d'une voiture. Quand nous étions jeunes, un membre de la famille vous montrait comment conduire et vous conduisiez. Il n'y avait pas de leçons ni de permis, et certainement pas de lois sur les ceintures de sécurité et autres. Et nous nous en sommes très bien sortis, dit-elle.

— C'est vrai, beaucoup de choses sont plus compliquées maintenant. Probablement parce qu'il y a plus de gens à gérer, dit Lola. Tout ce que je sais, c'est que je ne veux pas avoir de problèmes avec l'Académie. J'aime vraiment l'école, j'aime mes amis, j'aime ma chambre, et j'aime vraiment, vraiment la nourriture là-bas, ajouta-t-elle avec emphase.

Elle était si sincère que Phyllis et Devlin éclatèrent de rire.

— Pourquoi les gens rient-ils toujours de moi ! dit-elle, en essayant de ne pas taper du pied comme une enfant contrariée.

— Nous ne rions pas de toi, Lola. C'est juste que tu es si spontanée et adorable. C'est une joie à voir, et c'est pour ça que nous rions, répondit Devlin. Lola fut quelque peu apaisée. Pour changer de sujet, elle demanda ce qu'ils allaient faire des artefacts.

— Devrions-nous les garder ici ? Les envoyer dans le coffre des Radcliff ? Les envoyer à l'Académie ? demanda-t-elle.

— Les Archives et le Dépositaire ont toujours été en sécurité dans leur coffre, et Devlin peut facilement les rappeler. Je ne sais pas si ce serait aussi facile s'ils étaient à l'Académie. C'est dans un monde différent, dit Phyllis.

— Je suis d'accord. Aussi sûre que l'Académie puisse paraître, je me sentirais mieux en sachant exactement où sont les artefacts et en y ayant accès si nous en avions besoin, ajouta Devlin.

— Eh bien, je suis d'accord qu'ils ne peuvent pas rester ici. Peu importe à quel point notre système de sécurité est sophistiqué, il ne fait pas le poids face à la magie, dit Lola. Mais je pense que nous devrions tester la théorie. Devlin, appelle la montre de poche.

Devlin ferma les yeux et prit une profonde inspiration. Il tendit la main pour la recevoir et dit : — Apporte-moi la montre de poche. Le garde-temps apparut dans sa main.

— Maintenant, envoie-la au Coffre. Puis, fais la même chose avec les Archives et la bille, suggéra-t-elle.

— Essaie aussi d'appeler le Dépositaire depuis le Coffre, ajouta Phyllis.

Devlin appela la bille et quand elle arriva, il l'envoya au Coffre. Il appela les Archives et les envoya également au Coffre. Puis il appela le Dépositaire. Il ne l'avait jamais vu auparavant. Avant de le renvoyer, il l'ouvrit et vit qu'il contenait douze emplacements. Quatre des clés manquaient. Il fronça les sourcils.

— Si nous trois avons des clés, qui a la quatrième clé ? demanda-t-il, en tournant le petit coffret en bois pour que Phyllis et Lola puissent voir.

Elles se regardèrent, puis le regardèrent.

— Je ne sais pas. Peut-être qu'une clé a été perdue au fil des ans, suggéra Phyllis.

— Mais le directeur nous a dit que les clés perdues, volées ou révoquées sont magiquement renvoyées au Dépositaire, expliqua Lola.

Ils restèrent assis là, silencieusement absorbés dans leurs pensées respectives.

— Et si c'était la clé de papa ? dit Lola, avec hésitation. Je veux dire, il a juste disparu le jour de mes seize ans et il n'y a eu aucune explication. Puis la montre de poche apparaît dans sa chambre comme par magie. S'il était mort, sa clé serait retournée au Dépositaire, hasarda-t-elle.

Phyllis déglutit de façon audible. Deux fois elle ouvrit la bouche pour parler, mais rien n'en sortit.

Devlin fronçait toujours les sourcils, réfléchissant clairement à quelque chose dans son esprit.

— Ma mère a dit dans sa lettre que la boîte contenant la clé et la bille est apparue de nulle part quand j'avais treize ans. On nous a dit à l'école que treize ans est l'âge auquel les Voyageurs reçoivent leurs clés. On nous a aussi dit que, bien que ce soit rare, des clés sont apparues de nulle part à d'autres enfants dont les parents étaient morts avant de pouvoir expliquer ou qui ne savaient pas que leurs parents étaient des Voyageurs. L'explication semblait s'appliquer à ma situation, et je ne l'ai pas remise en question. Mais maintenant je me demande. Comment la boîte est-elle arrivée chez moi ? Si c'était de la magie, comment aurait-elle su de me donner aussi la bille ? Où était-elle avant de me parvenir ? Si la clé à l'intérieur de la boîte est une clé Evers, quelqu'un aurait dû la retirer du Dépositaire et la placer dans la boîte que j'ai reçue. Où était la bille avant qu'elle ne me parvienne ? dit Devlin, plus pour lui-même que pour les autres.

— Nous devrions demander à M. Radcliff. Je vais devoir l'appeler pour qu'il vérifie le Coffre pour les objets que tu as envoyés. Pourquoi n'enverrais-tu pas le Dépositaire maintenant ? suggéra Phyllis.

— Avant que tu ne le fasses, juste pour être sûr, rappelle la montre, la bille et le livre, suggéra Lola.

Devlin carré ses épaules et soupira. Sa patience s'amenuisait avec leurs demandes, mais il maîtrisa son tempérament car il savait qu'elles avaient raison. Il rappela les trois objets. Maintenant, tout était posé devant lui sur la table.

— Pensez-vous qu'il y a d'autres artefacts dans le coffre ? demanda-t-il maintenant, perplexe. Je voudrais tout le contenu du coffre, essaya-t-il.

Une boîte d'archives intitulée *Paperasse des Evers* apparut ainsi qu'un parchemin. La boîte contenait des titres et des actes actuels. Le parchemin était leur arbre généalogique. Il y jeta un rapide coup d'œil et renvoya tout. Il posa ses mains sur la table, repoussa sa chaise et se leva.

— J'ai mal à la tête et j'ai besoin d'un peu de temps pour digérer tout ça, dit Devlin en expirant. Si vous voulez bien m'excuser, mesdames, je crois que Jackson m'attend à la bibliothèque. Avec un peu de chance, l'avocat nous répondra rapidement et nous en saurons plus à l'heure du déjeuner, dit-il avant de quitter la pièce.

Lola et Phyllis attendirent que Devlin soit sorti de la pièce avant de reprendre la conversation. — Je pense que toute cette histoire de Gardien est un peu plus que ce à quoi il s'attendait. J'espère qu'il ne va pas changer d'avis parce que je sais ce qu'il ressent et je ne voudrais pas être à sa place ! dit Lola, nerveuse.

— Il est juste un peu dépassé. Les hommes ont besoin de laisser les choses reposer un moment. Il ira bien, répondit Phyllis. Changeant de sujet, Lola demanda où elles allaient mener les entretiens et comment elles allaient procéder.

— J'ai pensé que ce serait bien de les faire sur la terrasse. Je trouve que tout le monde est nerveux dans ces situations, et être dehors avec un pichet de thé glacé est plus relaxant. De plus, nous ne serons pas dans les pattes de Marie, mais elle pourra quand même voir et entendre ce qui se passe. Son avis indirect sera utile. Elle connaît beaucoup de gens dans la région, et probablement plus sur le poste que nous ! dit Phyllis.

Lola acquiesça. — À quelle heure arrive le premier couple ? demanda-t-elle.

Phyllis regarda sa montre. — À peu près maintenant, on ferait mieux de se dépêcher !

LES ENTRETIENS SE PASSÈRENT BIEN. Lola préféra le deuxième couple, John et Sally. Quand le dernier couple fut parti, Phyllis demanda à Marie de venir s'asseoir avec elles et de donner ses impressions. Elle n'avait rien de mal à dire sur le premier couple, mais elle ne les favorisait visiblement pas. À propos du troisième couple, elle avait entendu dire qu'ils avaient été licenciés pour ne pas avoir répondu aux attentes de leur employeur, bien qu'elle n'ait pas fourni plus de détails. Si c'était à elle de choisir, elle prendrait John et Sally.

— Moi aussi ! dit Lola avec enthousiasme.

— Moi aussi ! dit Phyllis en riant. Eh bien, c'était beaucoup plus facile que prévu. Bien joué, mesdames ! s'exclama-t-elle, et elles portèrent un toast à leurs nouvelles recrues.

— Devrais-je les laisser mariner pendant le week-end, ou les appeler cet après-midi ? demanda-t-elle d'un air malicieux.

— Arrêtez vos plaisanteries, la réprimanda Marie. Je les veux ici à sept heures lundi matin ! Nous avons beaucoup de terrain à couvrir et j'ai hâte de faire ce voyage que vous m'avez promis, Mme Phyllis ! dit Marie, la congédiant d'un geste de la main comme si c'était des bêtises.

— Oui, madame, répondit Phyllis en se levant. Je vais les appeler tout de suite, dit-elle par-dessus son épaule en rentrant.

Marie la suivit à l'intérieur et reprit ses tâches.

Vérifiant sa montre, Lola rentra après elles pour voir ce qui était disponible pour le déjeuner. Les garçons étaient toujours à la bibliothèque, et Phyllis n'avait pas indiqué si elle revenait pour le déjeuner. Cependant, elle avait dit qu'elles iraient faire du shopping après le déjeuner, donc les gens allaient forcément arriver tôt ou tard.

— Marie, que puis-je préparer pour le déjeuner ? demanda Lola.

— Juste pour vous ou pour tout le monde ? demanda Marie.

— Pour tout le monde, vous aussi si vous voulez, dit Lola.

— J'ai de la salade de poulet prête. Viens m'aider et on va faire des sandwichs pour tout le monde, répondit-elle.

— D'accord, par quoi je commence ? demanda Lola.

— Eh bien, tu commences par te laver les mains. Ensuite, prends des assiettes et le pain. J'ai fait deux miches ce matin, elles sont dans la boîte à pain, répondit la cuisinière, pointant vers la boîte dans le coin près de la fenêtre. Elle sortit un couteau à pain, celui avec un guide de tranchage, et une planche à découper en bois. Quand Lola eut fini, elle lui montra comment faire des tranches parfaites avec le guide.

— Quand tu te seras entraînée un peu, tu pourras trancher le pain sans le guide, dit-elle, prenant une cuillère à glace et plaçant une boule de salade de poulet sur les tranches que Lola mettait dans les assiettes. Une fois que chaque assiette avait deux tranches et une boule, elle étala la garniture avec un couteau et demanda à Lola de garnir chacune d'une feuille de laitue et de quelques tranches de tomates. Enfin, elles saupoudrèrent un peu de sel de mer et de poivre noir, fermèrent les sandwichs et les coupèrent en deux dans le sens de la diagonale.

Marie sortit un récipient de salade de carottes et de pommes qu'elle avait préparée et demanda à Lola d'en ajouter une portion à toutes les assiettes. La touche finale fut une poignée de chips nature. Marie sortit un pichet frais de thé glacé du réfrigérateur et voilà, le déjeuner était prêt.

— Merci pour ton aide, Lola, dit Marie.

— Je pense que c'est moi qui devrais te remercier, répondit Lola en riant, bien qu'elle rayonnait de fierté.

Quand Phyllis entra et vit toutes les assiettes avec leur contenu prêt à manger, Marie dit : — Devine qui a préparé le déjeuner aujourd'hui ?

Phyllis sourit et regarda Lola, impressionnée. — C'est toi qui as préparé ça pour nous, Lola ?

— J'ai aidé Marie, dit-elle, baissant un peu les yeux, timidement.

— C'était son idée et tout ce que j'ai fait, c'est lui donner un coup de main et quelques conseils ! répliqua Marie.

Les femmes emportèrent la nourriture dehors sur la table de la terrasse et furent bientôt rejointes par les hommes.

Ils eurent un agréable déjeuner et discutèrent de l'arrivée du nouveau couple lundi.

— Jackson, tu seras là pour montrer les lieux à John et lui fournir une liste des tâches, des codes de sécurité et tout ça ? demanda Phyllis.

— Oui, bien sûr. J'ai tout préparé, répondit-il.

— Combien de temps pensez-vous qu'ils auront besoin de formation avant d'être lâchés ? demanda Phyllis à Marie et Jackson. Devlin et Lola continuaient de manger et se contentaient d'écouter.

— Je pense que trois jours à me suivre, puis deux jours où elle fera tout et où je superviserai et donnerai des retours devraient suffire, dit Marie.

— Ça me semble correct. Je ne fournirai les codes de sécurité que vendredi pour être sûr qu'ils font tous les deux un travail satisfaisant. Ont-ils tous les deux été approuvés par l'avocat ? demanda-t-il à Phyllis.

— Oui, les références ont été vérifiées et ils ont passé la vérification des antécédents, répondit-elle.

— Vont-ils emménager dans le cottage ? demanda Lola.

— À la fin de la semaine, si nous décidons de les embaucher, oui. Ils emménageront le week-end prochain, répondit-elle. Ça te va, Jackson ? demanda-t-elle.

— Oui, bien sûr. Tout est prêt. Si tu voulais dire à cause de mes parents, à part la structure générale, le cottage ne ressemble plus du tout à la maison qu'il était avec mes parents. Tous ces souvenirs sont là, dit-il en tapotant sa tempe. Pas là-bas, ajouta-t-il.

— Il est temps que quelqu'un vive dans le cottage et que le Manoir ait un personnel complet pour s'en occuper. Sans vouloir t'offenser, Marie, dit-il.

Elle sourit et répondit :

— Pas de problème, je suis d'accord !

Il prit une gorgée de son thé et poursuivit son discours passionné :

— Il y a plus de gens qui vivent ici maintenant. Ce n'est plus seulement Phyllis et, avec un peu de chance, il y aura de plus en plus de divertissements et d'animation dans la maison à nouveau, conclut-il. Puis il sourit timidement, réalisant qu'il s'était un peu emporté.

— Bravo ! dit Devlin en levant son verre. À de nouveaux départs pour tous ceux autour de cette table !

Ils trinquèrent tous ensemble.

— En effet ! Une nouvelle école pour Jackson, Devlin et Lola à l'automne, dit Phyllis.

— Une nouvelle vie de retraitée pour Marie, dit Lola.

— Et de longues vacances ! ajouta Phyllis en faisant un clin d'œil à Marie.

— De longues vacances pour moi aussi ! dit Jackson en se frottant les mains d'anticipation.

— Une nouvelle romance pour Phyllis ? lança Lola, donnant un coup de coude à sa tante. Phyllis rougit mais hocha vigoureusement la tête.

— Et une nouvelle famille pour moi ! dit Devlin, ouvrant grand les bras comme pour les englober tous. Il souriait d'une oreille à l'autre et avait l'air si heureux que tout le monde s'exclama : « À la vôtre ! » et trinqua à nouveau.

Quand le déjeuner fut terminé, ils s'y mirent tous pour nettoyer et faire la vaisselle pendant que Marie allait finir la lessive.

CHAPITRE 23
SURPRISE

Quand le moment des courses est arrivé, Lola a décidé de ne pas y aller et de passer l'après-midi au bord de la piscine. Avec le dîner prévu ce soir-là et la fête à la maison le lendemain, elle sentait qu'elle avait besoin d'un peu de temps seule à titre préventif.

Devlin et Phyllis sont partis ensemble, et Lola a promis de ne faire aucune recherche liée à la magie en leur absence. À la place, elle a pris son livre et ses lunettes de natation et s'est dirigée vers la piscine. Elle était délicieusement seule. Jackson avait emmené Phyllis et Devlin à Williamsburg pour donner à Devlin quelques conseils sur la conduite de la Bentley. Si tout se passait bien, Devlin conduirait Phyllis et Lola à la fête à la maison et Jackson aurait le week-end de libre.

Marie était dans la cuisine, terminant les préparatifs pour le dîner du soir, et elle aussi serait en congé pour le week-end.

Lola a fait quelques longueurs, puis s'est allongée face contre terre sur la chaise longue et s'est endormie. Un peu plus tard, elle s'est retournée sur le dos, rafraîchie par sa sieste. Elle lisait son livre quand elle a eu une sensation très étrange, comme si l'air avait changé, bien qu'il n'y ait pas de brise et qu'elle ne sente rien d'inhabituel. C'était une chaude journée de juillet, mais les poils de ses bras se sont hérissés. Elle les regardait bêtement quand elle a entendu quelqu'un crier :

— Surprise !

Elle a sursauté au son et a levé les yeux, confuse. C'était Sara, qui passait par une porte.

— Sara ? a demandé Lola, complètement déconcertée.

— Lola ! C'est moi. Je suis là ! a-t-elle dit, s'approchant de son amie et se tenant avec expectative au bout de sa chaise. Lola l'avait fixée pendant qu'elle approchait, et maintenant la regardait simplement. Puis, se secouant, elle s'est levée et a serré son amie dans ses bras.

— Je n'arrive pas à croire que tu es là, a-t-elle dit en riant. Je veux dire, je sais comment tu es arrivée ici, mais je n'y crois tout simplement pas ! a-t-elle ajouté. C'est comme si tout ce qui s'est passé à l'école était complètement séparé de la vie ici en Virginie, a-t-elle dit, toujours stupéfaite.

— Mais tu es là ! Quelle agréable surprise ! a-t-elle dit, se reprenant. Je peux t'offrir une bouteille d'eau ? a-t-elle demandé, se souvenant de ses bonnes manières. Tu peux rester ? Tu as apporté ton maillot de bain ?

Sara a ri et a dit :

— La voilà ! Tu semblais complètement sans voix pendant une minute, je m'inquiétais ! Elle s'est assise dans la chaise en face de Lola. Je peux rester un moment. J'ai essayé de t'appeler avant de venir, mais tu n'as pas répondu, a-t-elle expliqué.

— J'ai laissé mon téléphone dans ma chambre, désolée !

— Pas de souci. Ensuite, je suis apparue et j'ai sonné à la porte, mais il n'y a pas eu de réponse, a-t-elle ri. Puis je me suis souvenue que tu avais dit que tu avais une piscine. Mais tu dormais, alors j'ai vérifié à la fenêtre toutes les quelques minutes jusqu'à ce que je voie que tu étais réveillée. Je ne voulais pas te faire peur. Et à voir ton expression tout à l'heure, je réalise maintenant que tu n'aimes pas les surprises ! a-t-elle dit en riant.

— Bien sûr que si. Tout le monde aime les surprises ! a rétorqué Lola.

— Ce n'est pas grave. Je m'assurerai de faire des plans précis avec toi la prochaine fois. C'est juste que j'avais quelques heures de libre et je me suis dit que tu pourrais l'être aussi. Et nous voilà ! a-t-elle dit, posant ses mains sur ses genoux.

— Tu veux aller chercher ton maillot de bain ? On en a plein de nouveaux dans la cabane de la piscine si tu ne veux pas te déranger, a dit Lola.

— Oui, je pense que je vais le faire. Le temps est magnifique ici ! Beaucoup plus chaud que chez moi. Donne-moi cinq minutes et je reviens tout de suite, a dit Sara, se levant de la chaise longue. Elle a sorti sa clé et ouvert la porte, puis s'est tournée vers Lola et a dit : Tu veux jeter un coup d'œil rapide à ma chambre ? Tu pourrais tenir la porte pendant que je prends mon maillot.

Lola a haussé les épaules et s'est levée. Elle est allée se tenir à côté de son amie. Sara a tourné la poignée et a tenu la porte ouverte pour Lola.

Lola s'est appuyée sur le chambranle. Il faisait nuit à Gloucester et il n'y avait qu'une faible lumière allumée dans la chambre de Sara. Alors qu'elle se déplaçait dans la pièce, elle a allumé le plafonnier et la chambre a été baignée d'une lumière vive. La chambre de Sara ressemblait exactement à ce que Lola avait imaginé : un toit en pente avec de vieilles fenêtres en bois de chaque côté de son lit double. Les fenêtres étaient profondes, et les rebords étaient équipés de coussins confortables pour les transformer en banquettes.

Le lit lui-même devait être une antiquité. C'était un lit à baldaquin en fer forgé avec des rideaux à volants tout autour. Lola a reconnu le couvre-lit de leur chambre à l'internat. Lola ne pouvait pas voir le reste de la pièce sans fermer la porte, et elle n'était pas mentalement prête à être réellement en Angleterre pour le moment. De plus, Sara avait fini et se dirigeait vers la porte. Elle est revenue et a fermé la porte. Lola a montré à Sara où elle pouvait se changer et prendre une serviette si elle en avait besoin.

Quand elle est revenue, elles sont allées s'asseoir au bord de la piscine et ont mis leurs pieds dans l'eau.

— Tu as mis de la crème solaire ? a demandé Lola à son amie. Quand elle a secoué la tête, Lola s'est levée et lui a donné le tube. Tu es encore plus pâle que moi. Applique généreusement. Je ferai ton dos, a-t-elle suggéré.

— Merci. Tu imagines si je rentrais à la maison avec un coup de soleil en pleine nuit ! Mes parents sauraient que je fais des bêtises ! a-t-elle ri.

— Tes parents ne savent pas que tu es ici ? Où pensent-ils que tu es ? a demandé Lola, terminant le dos de Sara. Elle lui a donné le tube et a demandé à Sara de faire le sien.

— Ils pensent que je suis allée dans ma chambre. Je sors plus tard avec des amis. Des amis humains normaux. Ne t'inquiète pas, ils y sont habitués, a-t-elle répondu, et elle a rendu le tube de crème solaire à Lola. Voilà, nous sommes toutes les deux protégées des rayons impitoyables du soleil, on peut aller dans la piscine maintenant, Maman ? a plaisanté Sara.

Lola a ri et répondu :

— Bien sûr ! C'est la première fois qu'on m'accuse d'être la mature et responsable, et elles ont sauté dans la piscine. Elles ont barbotté comme des gamines de huit ans pendant un moment, puis se sont assises sur les marches du coin, face au soleil.

— Tu ne croiras jamais ce qui s'est passé hier, a dit Lola.

— Quoi ? a demandé Sara, excitée par le ton de voix de son amie.

— Le Directeur a fait irruption dans la chambre de Devlin hier soir ! a-t-elle dit en regardant Sara avec de grands yeux pour souligner.

— Tu me fais marcher, a raillé Sara.

— Non, je ne plaisante pas. Mais j'exagère pour l'effet. En fait, il a frappé, a dit Lola avant de raconter toute l'histoire à Sara, y compris la découverte de la montre de poche. Elle a omis les détails concernant les Archives puisqu'elle savait que personne en dehors de l'école n'était censé en avoir une copie.

— C'est incroyable ! s'est-elle exclamée. Vous avez tellement de chance d'être des Voyageurs spéciaux, a-t-elle ajouté.

— Nous avons à peine maîtrisé les bases du Voyage pour l'instant. Nous ne sommes pas encore prêts pour quoi que ce soit de sophistiqué, a dit Lola. Parlons d'autre chose. Raconte-moi ce soir. Où vas-tu, qui sera là, et dans quel genre de bêtises vas-tu te fourrer ?

Ce sujet les occupa pendant un bon moment. Puis elles passèrent aux garçons, et finalement à la fête de Tom.

— Je n'arrive pas à croire que c'est déjà le week-end prochain, dit Lola.

— Je sais ! Je pensais que vous me manqueriez terriblement, toi, Devlin et la bande. Mais ça n'a été que sorties en famille et fêtes toute la semaine à la maison. Et ce sera la même chose la semaine prochaine, dit-elle.

Elles entendirent des voix au loin et se tournèrent vers le bruit. Les acheteurs étaient de retour. Phyllis se protégeait les yeux, essayant de comprendre qui était avec Lola. Devlin avait dû reconnaître Sara et lui dire qui c'était. Elle leur fit signe et Jackson, les bras chargés de paquets et de sacs, hocha le menton et suivit Phyllis dans la maison par la buanderie. Devlin posa ses sacs près de la porte et se dirigea rapidement vers elles. Il dut se retenir de ne pas courir, mais il avait une certaine dignité.

— Salut, Sara ! dit-il, lui faisant signe de loin derrière la barrière. Elle lui rendit son salut et ils le perdirent de vue alors qu'il passait par le pool house pour rejoindre le bord de la piscine. Il se dirigea droit vers la piscine et s'arrêta au bord.

— C'est si bon de te voir. Quelle belle surprise ! dit-il, rayonnant en la regardant. Se retournant, il alla chercher une serviette et revint pour la lui tendre. Sara regarda Lola puis sortit de la piscine. Devlin l'enveloppa dans la serviette et la serra fort dans ses bras. — Tu m'as manqué, dit-il, l'embrassant sur la joue avant de la relâcher. Alors que Lola sortait de la piscine, il se précipita pour prendre sa serviette et la lui tendit. Elle lui lança un regard et la lui arracha des mains. Elle s'enroula dedans, mais dit : — Merci, en le dépassant, et ils allèrent s'asseoir sur les chaises longues pour se sécher.

— Que fais-tu ici ? C'est pour ça que tu n'es pas venue faire les courses avec nous, Lola ? demanda Devlin.

— Non, c'était une totale surprise ! répondit Lola.

— C'était une décision spontanée. Tu aurais dû voir sa tête, Devlin. Elle était complètement choquée de me voir ici, dit Sara.

— Oui, je peux imaginer. Lola aime que les choses soient planifiées à l'avance, dit-il, essayant de réprimer un sourire.

— Vous dites ça comme si j'étais incapable de faire quoi que ce soit de spontané. Vraiment, vous deux. Je peux m'adapter, je vous jure ! dit Lola.

Ils se contentèrent de lui sourire et Devlin changea de sujet.

— Lola, je suis désolé de gâcher la fête, mais il est plus de cinq heures et nous devons nous préparer pour nos invités, dit-il.

— Déjà ? demanda-t-elle surprise.

— Oh là là, je dois filer ! Mes amis vont se demander où je suis et ma mère n'aime pas que je parte si tard pour sortir. Elle trouve que ce n'est pas convenable que je parte juste au moment où elle va se coucher, alors je fais un effort pour traîner un peu avec mes parents avant de sortir, dit-elle en riant. Elle rassembla ses affaires sur la table, leur envoya un baiser à chacun et disparut par sa porte en un éclair. Ils fixèrent l'espace où sa porte avait disparu pendant quelques secondes, puis se regardèrent.

— Bon, très bien. Préparons-nous pour notre dîner, dit Lola, se levant de sa chaise et rassemblant ses affaires.

CHAPITRE 24
VACANCES

Le week-end était passé en un éclair. Le dîner avait été un succès, et Devlin avait fait sensation auprès de Matthew et Sheila. Et ils s'étaient tous bien amusés à la fête. Juste avant leur départ, un passager supplémentaire était apparu sur le pas de leur porte : Boris. Phyllis et Boris s'étaient assis à l'arrière, gloussant comme des adolescents, tandis que Lola était assise à l'avant avec Devlin, ravi de conduire la Bentley. Une fois arrivés à l'immense maison de plage, les parents étaient partis d'un côté, et les adolescents avaient été emmenés dans une direction complètement différente. Tout l'étage supérieur avait été dédié aux jeunes. Quatre énormes chambres pouvant accueillir chacune de quatre à huit personnes dans les mêmes lits superposés doubles que ceux qu'ils avaient à la maison. Lola et Devlin avaient revendiqué un ensemble en jetant leurs sacs sur les couchettes, puis avaient mis leurs maillots de bain et s'étaient dirigés vers la plage.

Le manoir avait sa propre plage privée. Il y avait tellement de chaises et de parasols qu'on aurait dit un complexe balnéaire exclusif plutôt qu'une maison familiale.

Il y avait un bar de plage pour les boissons et les collations. Il y avait des planches de paddle, des planches de surf, des kayaks de mer, des jet-skis. Il y avait même un maître-nageur.

La plupart des adultes étaient restés près de l'immense piscine. De temps en temps, Lola pouvait voir l'énorme chapeau lavande de Phyllis apparaître pour la surveiller, elle et Devlin.

Devlin jouait au volleyball de plage avec un groupe de personnes qu'il venait de rencontrer. Lola était allongée dans une cabane couverte, sirotant des mocktails et lisant son livre. *C'était ça la vie*, pensait Lola. C'était la distraction parfaite face à toute cette histoire de magie et pour ne pas imaginer que son père était toujours en vie, quelque part.

Le dîner et le feu de camp avaient été très amusants, et il y avait eu très peu de sommeil. Malgré la climatisation qui tournait à plein régime dans les chambres, celles-ci étaient encore chaudes et étouffantes, bondées comme elles l'étaient d'enfants âgés de douze à vingt ans.

AU BRUNCH LE LENDEMAIN, tout le monde était fatigué et calme, prêt à rentrer chez soi.

Sur le chemin du retour, Phyllis leur a demandé de faire une liste des endroits qu'ils aimeraient voir. Ils prendraient les cinq prochains jours pour voyager en famille. Soit vers plusieurs destinations, soit plusieurs jours dans un même endroit. Elle a promis d'être de retour bien à temps pour la fête de Tom et pour faire tous les préparatifs nécessaires.

— Je suis vraiment perdue pour trouver des endroits à visiter. Je ne suis jamais allée nulle part, a dit Lola.

— J'ai surtout visité des villes européennes près de chez nous avec Mère, j'aimerais voir des endroits dans la nature. Des montagnes, des champs de fleurs, des plages, ou peut-être faire un peu de randonnée, a répondu Devlin.

— Oh, est-ce qu'on pourrait aller à Disney World ? a demandé Lola, souriant comme une enfant.

Phyllis et Boris ont ri à l'arrière.

— Quand nous rentrerons à la maison, nous devrions tous nous reposer un peu. Réfléchissez-y et nous pourrons en discuter davantage au dîner. Si vous n'arrivez toujours pas à vous décider, je réduirai les options. Nous avons quelques autres appartements en plus de celui de Florence, a-t-elle dit.

— Et nous en avons quelques-uns aussi, est intervenu Boris. Vous êtes les bienvenus pour utiliser n'importe laquelle de nos maisons qui ne sont pas actuellement occupées, a-t-il proposé.

— C'est très gentil à vous, Boris, a dit Lola.

— Merci, monsieur, a répondu Devlin.

Une fois rentrés chez eux, ils ont dit au revoir à Boris et chacun est allé dans sa chambre respective pour une sieste bien méritée.

QUAND ELLE S'EST réveillée de sa sieste, Lola a pris une douche et est allée vérifier ses e-mails. Tom avait envoyé les instructions finales pour la fête, qui devait avoir lieu le samedi. Les gens pouvaient arriver dès onze heures, mais pas plus tard que quinze heures. La fête ne se terminerait pas avant quinze heures le dimanche et le départ était prévu avant dix-sept heures. Lola et Devlin seraient de retour à temps pour le dîner familial.

Le thème choisi était le speakeasy des années 20 avec une touche particulière : ce serait une soirée meurtre et mystère. Apparemment, l'oncle de Tom était un scénariste célèbre. Il avait été en vacances avec eux et avait proposé d'écrire un scénario pour que Tom et ses amis le jouent. Comme il allait vivre avec eux pendant quelques mois, il serait là pour aider. Il avait aussi beaucoup de contacts dans l'industrie du cinéma et du théâtre, les invités devaient donc se préparer à être émerveillés.

Chacun d'eux recevrait son rôle par lettre Voyageuse avant

153

mercredi. Une liste des personnages serait envoyée par e-mail plus tard dans la semaine pour que tout le monde sache qui était qui. À l'heure actuelle, il y avait environ vingt invités confirmés. Toute demande spéciale devait être envoyée par e-mail avant midi lundi.

Aucun cadeau n'était demandé ni souhaité. La supervision parentale serait assurée par la mère de Tom et son frère. L'e-mail donnait également un programme général de l'événement, des indications sur l'endroit où arriver par la porte, et une liste d'articles suggérés à apporter.

Lola était très excitée et avait hâte de recevoir son rôle. Elle est descendue dîner plus tôt pour aider Phyllis et lui parler du thème de la fête avant l'arrivée de Jackson. Il s'est avéré que ce n'était pas nécessaire car Jackson ne les rejoindrait pas pour le dîner. Il était absent pour le week-end et serait de retour à temps pour le travail lundi matin.

— Quel thème fantastique pour une fête ! s'est exclamée Phyllis. J'ai beaucoup de choses des années vingt. Ce sera tellement amusant ! a-t-elle dit avec enthousiasme. Ils prenaient un verre sur le porche ce soir-là.

— Je n'ai jamais été à une telle fête. Je suis un peu nerveux, a admis Devlin.

— Tu t'en es merveilleusement bien sorti vendredi soir et pendant le week-end, mon chou. Ne t'inquiète de rien. Dans les années vingt, tous les hommes s'habillaient de la même façon, donc la garde-robe ne sera pas un problème. Et comme je ne vais pas à la fête, et que je peux garder un secret, je peux vous aider tous les deux avec vos rôles, a-t-elle dit pour le rassurer.

Ils ont déplacé leur discussion dans la salle à manger. Ce soir, ils mangeaient un gratin de thon que Phyllis avait décongelé à leur arrivée et mis au four en se réveillant de sa sieste. Elle avait également décongelé des petits pains et un crumble aux cerises. Lola et Devlin ont trouvé ça délicieux et n'auraient jamais su qu'elle n'avait pas passé tout l'après-midi à s'escrimer dans la cuisine.

— Maintenant que nous sommes seuls. J'aimerais discuter de Simon, de la clé manquante, et de ce que les avocats avaient à dire sur ma bille. Tu n'as jamais eu l'occasion de nous dire ce qu'il a dit, a dit Devlin.

— C'est vrai, a dit Phyllis, en posant sa fourchette et en se recomposant. Edward a dit qu'il ne savait rien de la boîte ou de la bille et qu'il n'avait jamais vu l'intérieur du Repository, donc il était incapable de dire combien de clés s'y trouvaient à un moment donné. Il a demandé à son père, et il n'en savait rien non plus.

Lola et Devlin ont arrêté de manger et posé leurs fourchettes. L'implication était indéniable. Une seule personne aurait pu envoyer la clé et la bille à Devlin. Simon. Et cela impliquait que Simon avait découvert l'existence de Devlin.

— On dirait que tu n'es pas la seule à pouvoir garder un secret, a dit Devlin, songeur.

— Si Simon savait pour Devlin, pourquoi ne me l'a-t-il pas dit ? demanda Phyllis, s'adressant surtout à elle-même.

— Pourquoi n'a-t-il pas contacté Devlin ? demanda Lola, exprimant les pensées qu'elle imaginait que Devlin avait lui-même, bien qu'elle ne puisse pas entendre ses pensées pour le moment.

— S'il est vivant, où est-il maintenant ? demanda Devlin.

Tant de questions et si peu de réponses. Les sourcils de Lola se haussèrent, et elle frappa la table de la main.

— Et si ce n'était pas Papa qui avait envoyé la clé et la bille ? Et si la clé et la bille que Devlin possède ne venaient pas d'un Evers ? dit-elle, les yeux écarquillés.

— Comment cela pourrait-il fonctionner ? Ce devrait être une clé des Evers, sinon elle ne fonctionnerait pas, dit Phyllis, perplexe quant à où cela menait. À moins que sa mère ne vienne d'une famille de Voyageurs, ajouta-t-elle.

— Sortez vos clés, comparons-les, dit Lola, retirant son ruban de son cou et plaçant sa clé au centre de la table.

Décidant de lui faire plaisir, Phyllis et Devlin sortirent leurs clés et les placèrent près de celle de Lola. Les trois clés étaient des clés squelettes identiques.

— D'accord, donc elles sont les mêmes. Mais, Devlin, as-tu remarqué que les clés de nos amis étaient différentes ? Elles ressem-

155

blaient à de vieilles clés en métal ordinaires. Ce n'étaient pas des clés squelettes. Quand j'ai posé la question, on m'a dit que c'était parce que j'étais une marcheuse du temps. J'ai pensé que cela signifiait que je pouvais ouvrir les portes différemment. Mais ensuite la montre est apparue, et ça avait plus de sens. Tu penses que tu pourrais appeler le livre et qu'on pourrait lui poser toutes ces questions ? suggéra-t-elle.

— Pourquoi ne pas finir de manger et poursuivre cette discussion à la bibliothèque ? Je pense qu'on pourrait avoir besoin de prendre des notes ou de dresser une liste de questions supplémentaires, proposa Phyllis.

— Je n'ai plus faim, dit Lola.

— Moi non plus, répondit Devlin.

— Pour être honnête, je n'ai plus très faim non plus. Mettons simplement tout ça dans la cuisine. Qui sait, notre appétit reviendra peut-être une fois qu'on aura tiré ça au clair, dit-elle, joyeusement.

CHAPITRE 25
LA SPHÈRE

Dans la bibliothèque, Lola et Phyllis étaient assises dans les fauteuils, tandis que Devlin avait pris place au bureau. Il appela le livre et attendit avant de poser sa première question.

— Peut-être devrions-nous d'abord interroger le livre sur la bille, suggéra Phyllis.

Devlin acquiesça et demanda au livre de leur parler de la bille. Le livre s'ouvrit à une section intitulée *Voyages entre les mondes*. C'était une sorte d'index ; il y avait deux sous-sections intitulées *Généralités* et *Instructions*. Devlin alla à la première section et blêmit. Il y avait des pages et des pages de *Généralités*. Il n'allait certainement pas lire tout cela à voix haute. Il tapota sa lèvre supérieure du doigt et dit :

— Archive, peux-tu résumer les origines, le but et l'utilisation de la bille ?

Lola pencha la tête et fixa le livre, se demandant ce qu'il allait faire et s'attendant à moitié à ce qu'il parle. Il ne parla pas, mais se tourna vers une page blanche et écrivit une réponse :

« Tout d'abord, l'objet en question n'est pas une bille. Les billes sont des jouets créés en Allemagne dans les années 1800. L'artefact utilisé pour accéder à d'autres mondes est en fait une Sphère fabriquée à

157

partir de Nuummite, souvent appelée la Pierre du Sorcier. Extraite exclusivement au Groenland, la Nuummite s'est formée lors d'une éruption volcanique il y a environ 3,8 milliards d'années, ce qui en fait l'une des plus anciennes pierres de la Terre.

La Nuummite vibre à sa propre fréquence, émettant ce qu'on appelle la piézoélectricité, une charge électrique qui est libérée des cristaux lorsqu'ils sont pressés ou coupés.

On sait qu'elle peut stocker des quantités illimitées d'informations. En raison de ces propriétés, elle a été choisie comme ancre pour les Voyageurs entre les mondes. Non seulement elle peut recevoir la transmission de pensée d'un Voyageur et enregistrer sa destination prévue, mais elle conservera également ses coordonnées actuelles et le fera pour chaque Saut. Toutes les Sphères de Nuummite sont interconnectées et rassemblent des connaissances collectives. Ainsi, n'importe laquelle des Sphères contiendra les connaissances recueillies par toutes les Sphères pour tous les voyages jamais effectués ou tentés.

Les Hauts Elfes ont offert à chacun des douze Anciens originaux une Sphère de Nuummite afin qu'ils puissent étudier d'autres mondes et en tirer des enseignements. La Sphère, ou bille comme on l'a appelée plus tard, passerait à son successeur à sa mort. Les détails de son utilisation actuelle au sein de la Communauté des Voyageurs sont inconnus de vos Ancêtres. Cependant, la Sphère de Nuummite de notre famille peut toujours accéder aux connaissances collectives. Archibald n'a pas utilisé la Sphère au début, de peur qu'elle ne conduise ses anciens collègues directement à lui, s'ils découvraient qu'il était parti avec une copie de l'Archivum et souhaitaient se venger. Il l'a mise de côté en lieu sûr et n'en a jamais parlé à personne, pas même à sa femme. À sa mort, la bille a été perdue.

Quant à son utilisation, si le Voyageur sait où il veut aller, il doit le communiquer à la Sphère, verbalement ou par télépathie, tout en la tenant. Ensuite, il doit la placer dans la cavité pour que la Sphère puisse entrer les coordonnées de la destination et celles du retour. Une fois cela terminé, elle brillera. Le Voyageur peut simplement mettre la bille dans sa poche et ouvrir sa porte. D'autre part, si le Voyageur est ouvert aux suggestions, il peut fournir quelques exigences à sa Sphère avant de sortir sa clé. Cela garantira que seuls des lieux sûrs corres-pondant aux exigences du Voyageur seront proposés. La bille deviendra très chaude au toucher lorsqu'elle sera prête à être utilisée. Alors, et seulement alors, le Voyageur doit sortir sa clé et placer la bille dans la cavité. Le Voyageur doit prononcer l'incantation pour rendre la porte transparente et faire rouler la bille dans la cavité pour passer d'un lieu proposé à l'autre jusqu'à ce qu'il ait examiné toutes les sélec-tions. Une fois qu'il a fait son choix, il doit retirer sa main de la bille et attendre qu'elle brille avant de la mettre dans sa poche et d'ouvrir sa porte. »

— Wow, dit Lola. Alors d'où vient ta bille ? Qui te l'a donnée ? se demanda-t-elle à voix haute.

— Archive, es-tu en train de dire que la bille des Evers n'a jamais été utilisée auparavant ? demanda-t-il au livre.

« La Sphère des Evers n'a jamais été utilisée par Archibald Evers. Deux de ses Descendants l'ont utilisée. »

— Qui a utilisé la bille ? demanda Devlin.

« Simon Evers et Devlin Evers. »

Phyllis et Lola haletèrent.

— Est-ce que ça compte vraiment si tu n'as pas vraiment ouvert une porte ? demanda Lola.

— S'il a touché la bille, la Nuummite l'a enregistré ; ça s'est certai-nement affiché sur le radar des Hauts Elfes, répondit Phyllis.

Devlin avait besoin de réponses.

— Quand Simon Evers l'a-t-il utilisée ? demanda-t-il.

« Nous sommes incapables de répondre à cette question. »

Devlin essaya autre chose.

— Où Simon Evers est-il allé ?

« Nous sommes incapables de répondre à cette question. »

Devlin soupira et s'éloigna du bureau. Il se leva et commença à marcher, secouant ses membres comme s'il essayait de se débarrasser de son impatience.

— Si nous voulons savoir quand et où elle a été utilisée, nous devrons demander au Directeur. Mais maintenant je crois comprendre pourquoi il insistait tant pour que nous laissions nos artefacts à l'Académie pour les garder en sécurité, dit-il en passant ses doigts dans ses cheveux.

Lola leva les yeux vers lui, saisissant le fil de sa pensée.

— Les Evers sont passés sous le radar de l'Académie pendant des générations. J'ai l'impression que la montre n'avait pas été utilisée non plus jusqu'à ce que papa l'utilise. Et c'est ainsi que l'Académie a découvert notre existence. Elle a tracé la montre jusqu'ici, dans cette maison, et a trouvé un Voyageur : Moi. Elle a tracé la bille jusqu'en Suède et a trouvé un autre Voyageur : Devlin. Boum, lettres d'admission instantanées à l'Académie. Ensuite, il y a une enquête sur notre soudaine apparition dans la Communauté des Voyageurs, et sur la mort de nos mères. Boum : nous sommes apparentés. Puis je leur dis que papa a voyagé dans le temps pour me voir et maintenant ils veulent nos artefacts, dit Lola, croisant les bras comme un avocat qui clôt son dossier.

— Ils disent que c'est pour éviter qu'ils ne tombent entre de mauvaises mains. Tu ne penses pas que cela pourrait nous inclure, n'est-ce pas ? demanda Phyllis, se redressant dans son fauteuil. Cela explique certainement pourquoi il n'y avait pas d'Evers au Conseil. Boris trouvait ça étrange. Il pensait que c'était parce que nous étions américains et qu'il y avait un Conseil différent pour les Amériques.

Maintenant, Lola fronçait les sourcils. — Mais quand Papa a convoqué le Conseil, n'y avait-il pas un autre Voyageur américain et un Canadien aussi ? Pourquoi a-t-il convoqué *ce* Conseil, celui dont faisait partie la famille de Boris ? Le livre nous a dit qu'il y avait plusieurs Conseils à travers le monde. Pourquoi ne pas avoir un Conseil sur ce continent ? demanda-t-elle.

— Peut-être parce que l'urgence, mon enlèvement, impliquait l'une des familles de ce Conseil, suggéra Phyllis. Lola hocha la tête, cela avait du sens.

Devlin faisait maintenant les cent pas, se frottant le front de contrariété. Il se rassit et fixa le livre.

— Simon Evers est-il en vie ? demanda-t-il au livre.

— Nous ne sommes pas en mesure de répondre à cette question.

— C'est tellement frustrant ! s'écria Devlin, agitant les mains en l'air.

160

— Pourquoi penses-tu que le livre répond de cette façon ? demanda Lola, changeant de position pour s'asseoir en tailleur.

— Peut-être que parce qu'il a utilisé à la fois la montre et la bille, le livre est incapable de localiser où il se trouve dans l'espace et le temps, suggéra Phyllis, se levant pour se servir un peu de brandy et s'appuyant sur le rebord de la fenêtre en le buvant.

— Oui, ça a du sens, répondit Devlin, se calmant un peu.

— D'accord. Nous savons avec certitude que Papa a utilisé la montre pour voyager dans le temps afin de me rencontrer. Pour déterminer précisément quand j'arriverais ici, il a peut-être dû Voyager à différents moments dans le futur, dit Lola, se levant maintenant et commençant à marcher comme elle le faisait quand elle s'excitait sur une idée. — Et s'il était apparu plus tard et avait vu Devlin ici ? Cela l'aurait complètement déboussolé, et il aurait voulu enquêter. Une fois qu'il aurait été sûr que Devlin était son fils, il aurait facilement pu retourner dans le passé pour livrer la boîte avec la clé et la bille. Si des gens cherchent la bille, quelle meilleure cachette que dans le passé ! dit Lola, lancée maintenant.

— Mais d'où a-t-il obtenu la bille ? demanda Phyllis.

— Peut-être qu'il est retourné dans le passé et a rencontré Archibald. Archibald aurait pu lui donner la bille pour qu'il la garde en sécurité. Pour Archibald, avoir les artefacts en sécurité dans le futur garantirait qu'ils ne puissent pas être utilisés pour le retrouver, réfléchit Devlin.

— Exactement ! s'exclama Lola, euphorique maintenant à l'idée qu'elle pourrait encore revoir son père.

— Il a effectivement passé beaucoup de temps à faire des recherches pendant qu'il était malade, et il a peut-être Voyagé quand je pensais qu'il se reposait, concéda Phyllis.

— S'il a pu Voyager assez loin dans le futur, il aurait pu trouver un remède contre le cancer et le prendre, dit Lola avec espoir.

— Mais comment cela fonctionnerait-il ? Je me souviens de sa mort ; c'était horrible. S'il avait réussi à se guérir et à ne pas mourir, mes souvenirs des événements n'auraient-ils pas changé, que je sois consciente du changement ou non ? demanda Phyllis, se pinçant le haut du nez.

— Et s'il avait simulé sa propre mort et avait voyagé à travers le temps en essayant de trouver comment faire son retour ? dit Lola.

— D'accord, mais maintenant nous avons la montre, répondit Devlin.

— Nous avons la montre et la bille. Pourtant, il manque encore une clé. Cela doit signifier que Papa est ici. Dans *ce* temps, dit Lola avec excitation. — Peut-être qu'il a laissé tomber la montre accidentellement et n'a pas pu la récupérer parce que Marie est entrée dans la pièce, suggéra-t-elle.

— Mais pourquoi ne viendrait-il pas me voir, ou laisser un mot, dit Phyllis. — Lola, tu n'as aucune idée à quel point je voudrais que mon frère revienne, mais j'ai l'impression qu'on s'accroche à des pailles, ajouta-t-elle.

— J'adorerais rencontrer mon père, et si c'est du tout possible, je pense que nous devons examiner tous les scénarios possibles, aussi improbables soient-ils, dit Devlin, se levant pour se tenir près de Lola, comme pour montrer un front uni.

— Tu as passé beaucoup de temps avec Boris, Phyllis. Père a peut-être essayé de te contacter et n'a pas pu te trouver seule. Aucun d'entre nous n'a passé beaucoup de temps seul depuis notre retour de l'école, dit Devlin, s'échauffant de plus en plus à l'idée.

— Et s'il était ici, dans ce temps, et qu'il avait voyagé de maison en maison pour éviter d'être vu ? Tu as dit que nous avions plusieurs maisons à travers le monde. Ce serait facile pour lui de le faire, dit-il.

— Oui ! Et d'après ce que le Directeur nous a dit, je pense qu'il est prudent de dire que nous sommes surveillés. Si ce n'est pas par l'Académie, alors par quiconque cherche la montre et la bille. De plus, il a peut-être laissé tomber la montre par accident, avec l'intention de la récupérer, mais elle avait disparu quand il est revenu la chercher, dit Lola. — Pensez-vous que nous devrions la remettre à sa place ? Et peut-être vérifier s'il la prend ?

— Nous n'aurions aucun moyen de savoir avec certitude s'il l'a prise, dit Phyllis. — Non, je pense que nous devrions lui laisser un mot dans sa chambre, et envoyer le même mot à chacune de nos maisons, juste au cas où.

— Mais et si les gens qui ont saccagé la maison de ville essayaient de s'introduire dans les autres maisons ? Et s'ils l'avaient déjà fait ? demanda Devlin.

— Nous avons des gardiens qui passent toutes les deux semaines pour nettoyer et garder un œil sur les choses. Si quelqu'un avait tenté de s'introduire au cours des deux dernières semaines, nous l'aurions su, répondit Phyllis. — De plus, les maisons sont détenues par un Trust. Il faudrait être très bien connecté pour découvrir que nous les possédions toutes, conclut-elle.

Lola alla au bureau pour récupérer un morceau de papier et un stylo. Elle s'assit dans le fauteuil que Devlin avait libéré et se prépara à écrire.

— En fait, nous n'avons besoin d'écrire qu'une seule note et de l'envoyer comme nous l'avons appris à l'école. Elle trouvera son chemin vers la personne à qui elle est adressée, peu importe où elle se trouve, expliqua-t-elle. — Que devrions-nous écrire dans la note ? demanda-t-elle.

Ils discutèrent de la question et Lola leur relut la note pour validation :

— *Cher Papa,*

J'espère vraiment que tu es vivant et en bonne santé. Après ton départ le 6 juillet 2020, j'ai été convoquée à l'Académie, une école pour Voyageurs. Pendant que j'y étais pour un programme d'été de deux semaines, j'ai rencontré un garçon de dix-huit ans appelé Devlin qui s'est avéré être mon demi-frère. Le savais-tu ? Lui as-tu envoyé une clé et une bille en 2015 ?

Phyllis a trouvé une montre de poche à double face dans ta chambre le 7 août 2020. L'as-tu laissée tomber accidentellement ? En as-tu besoin ? Des gens recherchent la montre et la bille, alors nous les avons envoyées ailleurs pour les garder en sécurité. Tu sauras où.

Devlin aimerait te rencontrer. Phyllis et moi, on s'ennuie de toi. Si tu peux, dis-nous s'il te plaît où et quand on peut te rencontrer. Si tu plies ta réponse exactement comme je l'ai fait et que tu l'adresses à l'un d'entre nous, la lettre nous parviendra instantanément ! C'est pas génial, ça ?

Tout notre amour,

Lola, Devlin et Phyllis.

Une fois que tout le monde était satisfait, Lola plia la lettre comme on le lui avait appris, l'adressa à Simon Evers, et attendit. L'air tourbillonna, la note s'éleva et disparut.

— Et maintenant, on attend, dit Devlin.

CHAPITRE 26
DISNEY

Au petit-déjeuner, Lola rappela à Phyllis et Devlin que le directeur attendait leur décision concernant les artefacts.

— Je vais lui écrire immédiatement. Je deviens douée pour plier les lettres ! dit fièrement Phyllis. Je vais aussi appeler Edward pour lui demander de vérifier le Coffre pour les objets que nous avons envoyés, ajouta-t-elle en se levant. Pendant que je fais ça, j'aimerais que vous réfléchissiez à un endroit où vous aimeriez aller pour quelques jours, dit-elle en quittant la véranda.

Avec Jackson et Marie occupés à former John et Sally dans la maison, il n'y aurait pas d'occasion de discuter des questions de Voyage ou d'étudier les Archives. Autant profiter de ce temps pour faire un Voyage en famille.

— Je ne suis jamais allé à Disney World non plus, dit Devlin. Et j'ai aimé être à la plage, ajouta-t-il. Peut-être qu'on pourrait combiner les deux ; ils sont en Floride, n'est-ce pas ? demanda-t-il à Lola.

— Oui, c'est ça. Tu aimes les montagnes russes ? lui demanda-t-elle.

— J'adore les montagnes russes. Je suis allé à Liseberg à Göteborg l'année dernière avec mes amis et c'était une expérience incroyable ! répondit-il.

165

— Super, je ne sais pas ce que Phyllis pense des parcs d'attractions, mais ce n'est que pour quelques jours et il y a apparemment quelque chose pour tout le monde, dit-elle. Sortant son téléphone, Lola ouvrit l'application Maps et chercha Disney World. Elle le montra à Devlin.

— Disney World est une ville ! s'exclama-t-il en zoomant sur les différents parcs à l'intérieur.

— Ouais, mais ce n'est pas près de la plage. On pourrait peut-être aller à la plage séparément. On pourrait aller à une plage différente chaque jour pendant un an si on voulait ! dit Lola en riant.

Phyllis revint dans la pièce et demanda ce qui était si drôle, et Lola expliqua.

— Disney World, un choix intéressant pour deux adolescents. Mais un choix que je dois approuver. C'est un endroit tellement magique, et aucun enfant ne devrait manquer l'occasion de rencontrer Mickey Mouse ! dit-elle. D'accord, va pour Disney World. Pourquoi ne réservez-vous pas une suite pour trois nuits, à partir de ce soir, et des pass pour tous les parcs jusqu'à jeudi. Nous rentrerons jeudi après le dîner. Cela nous laisse le reste de la journée pour faire nos bagages et nous préparer. L'enregistrement sera à 15 heures et nous pourrons nous détendre au bord de la piscine, dîner et regarder une parade plus tard dans la soirée.

— Tu y es déjà allée ? demanda Lola.

— Bien sûr ! Mais pas depuis un bon moment, je suis sûre qu'il y a encore plus à voir et à faire maintenant ! répondit-elle.

— Comment allons-nous y aller ? demanda Devlin.

— Nous prendrons une porte directement à l'hôtel. Il y a généralement beaucoup de jardins et de zones boisées autour des hôtels Disney. Réserve en ligne avec la carte familiale, Devlin. Et prends aussi le forfait repas, et tout ce que tu veux d'autre. Le grand luxe ! s'exclama-t-elle.

— Mais John et Sally ne vont pas se demander où nous sommes ? demanda Lola.

— Nous leur dirons, bien sûr, répondit Phyllis.

— Mais John et/ou Jackson ne s'attendront-ils pas à nous conduire à l'aéroport ? demanda Devlin.

— Oui, je vois ce que tu veux dire, répondit Phyllis, pensive.

Ils restèrent assis pendant une minute, essayant de trouver un plan.

— On pourrait demander à Jackson de nous conduire à l'aéroport et partir depuis l'une des toilettes, suggéra Lola.

— Non, pas l'aéroport. Il y a trop de caméras de sécurité, dit Phyllis. Mais la gare ici à Williamsburg ferait parfaitement l'affaire. Il y a une petite zone boisée de l'autre côté de la rue. On attendra juste que Jackson soit parti et on traversera la rue, dit Phyllis.

Lola et Devlin semblaient peu convaincus. — Je fais ça depuis long-temps, faites-moi confiance ! dit Phyllis. Maintenant, allez en ligne et réservez-nous une super aventure ! Je dois parler à John et Sally avant notre départ et m'occuper de quelques affaires personnelles, ajouta-t-elle, posant sa serviette et se levant de table. Je vous verrai au déjeuner, dit-elle en partant.

— Allons dans la salle de classe et utilisons le grand ordinateur, suggéra Lola.

— Bonne idée, répondit Devlin.

Ils passèrent le reste de la matinée à organiser leur voyage de trois nuits et quatre jours à Disney World. Phyllis avait dit le grand luxe, et c'est ce qu'ils ont eu. Comme Devlin voulait être aussi proche de la nature que possible, ils choisirent le Animal Kingdom Resort. Puis-qu'ils savaient que Phyllis aimait son intimité, ils optèrent pour une villa de deux chambres dans le village Kidani avec vue sur la savane, ce qui signifiait qu'ils pourraient observer trente espèces d'animaux, comme des girafes, des zèbres, des antilopes et des autruches, errant juste devant leur fenêtre. Avec l'enregistrement en ligne de luxe, ils pourraient Voyager directement dans la chambre et utiliser leurs télé-phones pour déverrouiller la chambre, entrer dans les parcs à thème et utiliser leur forfait repas. Ils pourraient arriver dès 14 heures. Du gâteau.

Ils allèrent dans leurs chambres pour faire leurs bagages et convinrent de se limiter à un sac chacun. S'ils oubliaient quelque chose, ils pourraient simplement revenir le chercher. Lola apporta son iPad au déjeuner pour le montrer à Phyllis, mais Phyllis préférait avoir la surprise. Elle aussi avait fait ses bagages et était prête.

John les conduisit à la gare pour son premier exercice familial et Jackson resta à la maison pour s'occuper des tâches quotidiennes. Comme la famille serait absente pendant quelques jours, Jackson et Marie décidèrent de faire travailler John et Sally sur la liste de nettoyage "d'été", qui était généralement faite plus tard en août pendant que Phyllis voyageait en Europe. Comme elle resterait à la maison avec les enfants cette année et que Jackson et Marie seraient tous les deux partis, cela semblait être le moment parfait pour en faire la plus grande partie.

PENDANT CE TEMPS, les Evers étaient arrivés à Orlando et visitaient leur villa, complètement ébahis. Aussi magnifiques qu'avaient été les photos en ligne, la réalité était encore mieux. Phyllis, qui avait fait un safari en Afrique, dit que c'était presque comme y être. Ils rangèrent leurs affaires et allèrent explorer le resort. Ils firent un plongeon dans la piscine et se relaxèrent dans le jacuzzi, et avaient encore largement le temps de se détendre avant d'aller dîner. La nourriture était incroyable, bien sûr, et Lola fut transportée quand ils allèrent voir le *Tree of Life Awakening*, une expérience nocturne à Animal Kingdom.

Les trois jours suivants furent incroyables. Ils firent toutes les attractions à sensations fortes, regardèrent tous les spectacles qu'ils purent, et prirent des photos avec la plupart des personnages de dessins animés principaux. Devlin et Lola s'amusaient comme des enfants et Phyllis admit qu'elle en profitait bien plus que losrqu'elle était venue avec Simon, il y a de nombreuses années. Chaque soir après le dîner, ils faisaient tremper leurs corps fatigués dans le jacuzzi et s'endormaient en quelques minutes.

Lola trouvait encore le temps pour la méditation et le yoga du matin. C'était génial d'avoir une villa. Ils avaient leur propre cuisine et elle pouvait faire du café dès son réveil. Méditer sur un balcon surplombant la savane était hors du commun. C'était aussi plus facile de prendre le petit-déjeuner dans la villa, plutôt que d'aller au Lodge principal. Personne ne voulait cuisiner, alors ils passaient leur commande la veille au soir et le service d'étage la livrait à 7 heures pile. Il y avait trop à faire et ils étaient tous des lève-tôt.

Le mercredi matin, Lola et Devlin reçurent leurs scripts de Tom. Ils convinrent de les ouvrir à la maison. Il n'y avait toujours pas de réponse de Simon.

Lorsqu'ils sont rentrés après le dîner du jeudi soir, tout le monde a convenu que c'était une expérience mémorable qu'ils voudraient répéter bientôt ! Ils ont pu Voyager directement chez eux puisque John et Sally étaient partis pour la journée et que Jackson n'était pas de service. Ils pourraient toujours dire qu'ils avaient pris un taxi si quelqu'un posait la question.

CHAPITRE 27
ACTEURS

Le vendredi matin, Jackson revit quelques détails avec Devlin pendant que Lola et Phyllis travaillaient sur le rôle de Lola pour la fête de Tom. L'idée était que toutes les personnes les plus influentes des années 20 se rassembleraient lors d'une soirée spéciale dans un speakeasy obscur, dans un lieu tenu secret. Les tempéraments artistiques s'enflammeraient et le drame s'ensuivrait.

Lola devait incarner Zelda Sayre qui, selon Wikipédia, était romancière, nouvelliste, poète, danseuse, peintre et mondaine. Née à Montgomery, Alabama, elle était mariée à F. Scott Fitzgerald, l'auteur de Gatsby le Magnifique, interprété par Tom.

— Tu vas pouvoir exercer ton accent du Sud ! s'exclama Phyllis. Quel rôle formidable à jouer. Zelda était un peu plus extravertie que toi, et assez fauteuse de troubles, mais vous avez beaucoup en commun. C'est un bon choix pour toi. Ça te fera sortir de ta zone de confort ! dit Phyllis avec un clin d'œil.

Elle équipa Lola d'une robe fourreau en sequins rose doré, sans manches, tombant aux genoux, dont la frange perlée commençait à mi-cuisse et était coupée droit avec une taille basse. Elle était agrémentée d'un boa en plumes, de rangées et de rangées de colliers de perles de différentes longueurs, d'une coiffe ornée de bijoux et de plumes, et

171

d'une paire de chaussures de danse en moiré. Lola et Phyllis faisaient opportunément la même taille, et Lola s'émerveilla de son apparence dans le miroir.

— Tu es fabuleuse ! s'exclama Phyllis.

— Cette robe n'est-elle pas un peu courte ? Ne devrais-je pas porter des bas ? demanda Lola, tirant sur la frange dans l'espoir de l'allonger.

— C'est la longueur parfaite pour une flapper ! répondit Phyllis, amusée.

— Qu'est-ce qu'une flapper ? demanda Lola, méfiante.

— Une flapper était une jeune femme des années 20 qui portait des jupes courtes, se coupait les cheveux au carré, écoutait du jazz et refusait de suivre les règles concernant le comportement social acceptable, répondit Phyllis, avec nostalgie. Ah, avoir vécu dans les années folles ! ajouta-t-elle rêveusement.

— Eh bien, il ne me manque plus qu'un gimlet et un fume-cigarette ! plaisanta Lola.

Phyllis mit ses mains sur son visage et disparut dans son placard, pour en ressortir avec un fume-cigarette orné de bijoux !

— Ce ne serait pas complet sans ça ! Et tu ne boirais pas un gimlet. Ce serait soit un Bees Knees, un Sidecar, ou un Gin Rickey, répondit-elle catégoriquement.

— Je ne veux même pas savoir ce que c'est, dit Lola en levant les mains et en poussant un cri quand sa robe remonta et qu'elle sentit un courant d'air sur ses fesses. Je ne peux pas porter ça, c'est indécent !

— Ne sois pas ridicule. Les filles portent moins que ça dans les boîtes de nuit aujourd'hui. Tu seras parfaite. De plus, tout le monde sera habillé comme ça. Tu t'intégreras parfaitement ! Regardons la liste des personnages, dit Phyllis avec enthousiasme.

— Tom joue mon mari. Devlin est Albert Einstein, commença Lola.

— Oh, charmant, ce sera facile pour lui ! s'exclama Phyllis, faisant signe à Lola de continuer.

— Clara incarne Coco Chanel, un bon choix pour elle. Lenora sera Louise Brooks, qui que ce soit, poursuivit Lola, lisant la liste.

— C'était une star de cinéma sexy, expliqua Phyllis.

— Oui, ça conviendrait à Lenora. Sara jouera Mary Pickford qui, je crois, était une actrice très célèbre. Colin doit jouer Al Capone, et James incarne Charlie Chaplin. Il y a d'autres personnages, mais je ne connais pas les gens qui les jouent, conclut Lola, donnant la liste à Phyllis, qui hocha la tête avec enthousiasme.

— C'est incroyable. Je devrai engager ce dramaturge pour une fête ici un jour, dit Phyllis, clairement sérieuse. Quoi qu'il en soit, il est écrit ici que si tu étais la meurtrière ou la victime du meurtre, ce serait clairement indiqué sur ta fiche. Je suppose que tu es hors de cause ! dit Phyllis.

Lola se regarda une dernière fois et soupira. Elle devait admettre qu'elle avait l'air bien. Et c'était un rôle qu'elle jouait, alors elle devrait être courageuse et s'y faire.

— D'accord, je suppose que je peux le faire, dit-elle avec résignation.

— Il ne nous reste plus qu'à faire paraître tes cheveux plus courts. J'ai exactement ce qu'il faut, dit-elle et courut dans sa salle de bain. Phyllis prenait visiblement plus de plaisir à cela que Lola. Elle sourit à sa tante quand elle revint avec un sac plein d'accessoires pour cheveux et la laissa s'occuper de ses cheveux aussi longtemps qu'elle le voulait. Pendant ce temps, Lola s'exerçait à son accent du Sud. Plus tard, elle se renseignerait sur Zelda Fitzgerald pour se mettre dans la peau du personnage.

Après le déjeuner, Phyllis passa du temps avec Devlin pour préparer son rôle. Il était très content d'être Albert Einstein, un personnage auquel il pouvait s'identifier. Le costume était simple : un costume trois pièces noir qu'ils empruntèrent à Simon car les vêtements de Devlin semblaient flambant neufs. La cravate était nouée différemment, et ils ajoutèrent un fedora à la tenue. La dernière pièce était la moustache. Où Phyllis avait trouvé une moustache aussi convaincante était un mystère, mais une fois les cheveux de Devlin plaqués en arrière, avec une touche de gris vaporisé sur les tempes, l'effet était crédible.

— J'ai l'air d'Albert Einstein quand il a accepté son premier prix Nobel, s'exclama-t-il, étonné.

— Et un très beau en plus, répondit Phyllis, souriant fièrement tout en brossant des peluches invisibles de sa veste. Viens voir le portrait de mon père dans le couloir, la ressemblance est frappante avec la moustache, dit-elle, tirant sur sa manche vers le couloir.

Ils se tinrent devant le portrait de mariage de ses parents. Devlin ressemblait effectivement à son père, plus que Simon. Il sentit une chaleur dans son estomac en voyant la confirmation qu'il appartenait ici, dans cette maison, à cette famille. Submergé par l'émotion, il prit la main de Phyllis mais ne dit rien. Elle serra ses doigts en une compréhension silencieuse.

— Bon, tu es prêt, Albert, plaisanta-t-elle.

Ils retournèrent dans sa chambre pour préparer son sac de voyage, puis Phyllis dit qu'elle allait se reposer avant le dîner.

Le vendredi soir, ils ont organisé une petite fête d'adieu pour Marie et Jackson. C'était le dernier jour de Marie et Jackson partait pour sa tournée européenne le lendemain. Bien que Phyllis ait protesté qu'elle devrait s'occuper de la cuisine, Marie a insisté pour préparer le plat préféré de Phyllis : des côtelettes d'agneau au romarin avec de la gelée de menthe maison. Servi avec des pommes de terre grenailles rôties à l'ail et du maïs frais. Elle a également préparé le dessert préféré de Jackson : des blondies chauds aux dattes et aux noix servis avec de la glace à la vanille. Marie allait leur manquer, mais elle les a assurés que Sally était une cuisinière accomplie et qu'ils s'en sortiraient bien.

La soirée a été agréable et Marie et Jackson étaient impatients de partir pour leur prochain voyage. Marie allait faire une croisière fluviale dans la vallée du Douro, entre l'Espagne et le Portugal. Elle et son mari étaient amateurs de vin et la croisière les emmènerait dans plus de vingt vignobles le long de la côte. Jackson n'avait pas d'itinéraire précis, mais il commençait son voyage à Londres où il connaissait des amis de son pensionnat.

Il y a eu plus d'une larme versée lors des adieux. Marie a promis d'envoyer des cartes postales de son voyage et une lettre de temps en temps pour garder le contact. Jackson a promis de donner des nouvelles par SMS au moins une fois par semaine pour que Phyllis ne s'inquiète pas. Il était comme un fils pour elle et il allait lui manquer.

Jackson et Devlin se sont serré la main. Lui et Phyllis sont allés dans la bibliothèque pour laisser Jackson un moment seul avec Lola.

— Quand part ton avion ? a-t-elle demandé, pour gagner du temps.

— À vingt-deux heures ce soir, a-t-il répondu.

— Tu as un moyen de transport ?

— Oui, Bonnie me dépose en allant chez sa grand-mère.

Lola a traîné des pieds et regardé le sol. Il y a quelques semaines, elle pensait qu'elle allait épouser ce garçon, et maintenant il partait et ils avaient l'impression d'être des étrangers.

Il a fait un pas vers elle et lui a relevé le menton du doigt.

— Je serai de retour dans deux semaines, a-t-il dit avant de l'envelopper dans une étreinte d'ours.

Il savait qu'elle pensait aux adieux plus définitifs qu'ils se diraient à son retour, quand ils partiraient tous les deux pour l'université. Les choses étaient déjà différentes. Malgré ses sentiments pour Tom, il y avait une attraction entre elle et Jackson. Lola l'avait mis sur le compte des hormones adolescentes et du fait qu'ils avaient passé tant de temps ensemble en si peu de temps. Quoi qu'il en soit, cela semblait anormal quand il n'était pas là.

— Tu vas me manquer, a-t-elle dit simplement.

— Toi aussi, a-t-il répondu. Il lui a embrassé le front et a quitté le Manoir sans se retourner.

CHAPITRE 28
LA FÊTE

Phyllis décida d'accompagner Lola et Devlin à la maison de Tom à Cork. Ni l'un ni l'autre ne s'y opposa, en fait, ils étaient soulagés. Tom était dehors avec sa mère à onze heures pour accueillir les invités à leur arrivée. Lola et Devlin furent parmi les premiers à arriver, donc peu de personnes étaient présentes pour assister à leur arrivée avec un parent.

Tom salua poliment Phyllis et la présenta à sa mère, Arabella, qui fronça les sourcils en entendant son nom. Phyllis balaya cela d'un geste et dit : — Nous sommes américains, nous ne suivons jamais les règles ! La mère de Tom sourit et entraîna Phyllis dans la maison pour une visite rapide pendant que Tom accueillait Lola et Devlin. Les garçons se serrèrent la main et se donnèrent une accolade. Puis Tom s'approcha de Lola, prit ses deux mains et les embrassa chacune à leur tour.

— Je suis content de te voir, dit-il.

— Je suis contente de te voir aussi, répondit Lola, lui souriant timidement.

— Tu te souviens de ma sœur Tabitha, dit-il. Vous vous êtes rencontrées au pique-nique et c'est l'amie de Lenora, ajouta-t-il.

Ils se dirent bonjour et furent bientôt rejoints par Phyllis et Arabella. Tom présenta Lola et Devlin.

— C'est agréable de vous revoir, dit Lola, nerveusement. Elle se demandait ce que Tom avait dit à son sujet.

— Quel plaisir de te revoir, Lola, dit Arabella. Tabitha intervint et dit avec un clin d'œil : — Tom n'a pas arrêté de parler de toi toute la semaine. Les yeux de Tom sortirent de leurs orbites et son regard lança des éclairs à sa sœur.

Lola et Devlin dirent au revoir à Phyllis, puis Tabitha les conduisit à leurs chambres pour qu'ils puissent déposer leurs affaires et déballer. Elle leur dit de rejoindre tout le monde dehors quand ils seraient prêts, où un déjeuner-buffet serait installé sous l'auvent.

— Nous ferons une visite de groupe après le déjeuner, dit-elle avant de partir.

Quand Lola arriva dans sa chambre, elle trouva que Sara y était déjà. Les filles se saluèrent avec des câlins chaleureux et des cris de joie. La chambre avait deux autres lits superposés et Sara dit que Lenora et Clara partageraient également la chambre avec elles.

— On dirait qu'on est colocataires à vie ! dit Sara.

— Quelle bonne surprise ! répondit Lola. Je me demande avec qui Devlin partage sa chambre. Allons voir.

Elles descendirent le couloir et frappèrent à la porte où elle avait laissé Devlin quelques minutes plus tôt. Devlin ouvrit la porte sur un chaos total. Colin et James étaient là, parlant à toute vitesse de je ne sais quelles exploits de sorciers.

— Salut les gars, s'exclama Lola.

— Lola ! Et Sara ! dit James, attrapant les deux filles pour un câlin collectif. Colin embrassa leurs joues et dit : — Toujours aussi charmantes, mesdames.

— Qui est le pauvre type qui va partager la chambre avec vous ? demanda Sara en riant.

— C'est Tom, en fait. Il a donné sa chambre à son oncle et a pensé que ce serait plus amusant de partager la nôtre, répondit James.

— Fantastique ! s'exclama Devlin.

— D'accord, nous sommes dans la chambre de l'autre côté de la salle de bain. On se voit plus tard, alors, dit Sara, tirant Lola hors de la chambre et dans le couloir.

— Ces garçons sont bruyants ! dit-elle.

Elles retournèrent dans leur chambre et accrochèrent leurs tenues de fête dans le placard. Quelques minutes plus tard, la porte s'ouvrit et Lenora et Clara entrèrent. Il y eut plus de cris et de câlins, et quelques sauts de joie. Elles déballèrent aussi leurs affaires et accrochèrent leurs robes de soirée. Tout le monde s'extasia sur les robes. Phyllis avait eu raison - celle de Lola était la plus modeste des tenues ! Elles discutèrent un peu pour rattraper les deux dernières semaines. Lola partagea des informations sur leur voyage à Disney World, mais rien d'autre.

À midi, elles retournèrent dehors, suivies des garçons.

Ils furent présentés aux autres invités. Il y avait les amis de Tom de l'Académie, quelques cousins, et quelques amies de l'Académie de Tabitha. Les gens se servirent au buffet et bavardèrent. À une heure et demie, tous les invités étaient arrivés. Tom fit tinter son verre pour attirer l'attention de tout le monde.

— J'aimerais vous présenter le cerveau derrière les événements de ce soir. Voici mon oncle, Aidan McCarthy, trois fois lauréat de l'Académie irlandaise du film et de la télévision et deux fois nommé aux Oscars américains, dit-il.

Tout le monde applaudit le scénariste, et il leva les mains en remerciement.

— Bonjour à tous ! C'est un plaisir d'être ici, et j'ai eu beaucoup de plaisir à écrire la « pièce » de ce soir. Bien que chacun ait un rôle, vous n'avez pas de rôle défini, sauf si vous êtes le meurtrier ou la victime. La victime n'a aucune idée de quand, comment, ou même pourquoi elle sera assassinée. Le meurtrier ne sait pas encore qui est la victime, ni comment il ou elle commettra le meurtre. Il ou elle en sera informé(e) au fur et à mesure de la soirée pour maintenir le suspense.

— Je me suis attribué le rôle d'Eugene O'Neill - c'était un célèbre dramaturge des années 1920. Je vous parlerai de lui plus tard ce soir. Ma sœur, Arabella, incarnera l'illustre Josephine Baker.

— Voici comment la soirée va se dérouler. L'après-midi est à vous pour faire ce que vous voulez. Tom et Tabitha vous fourniront une liste d'activités. À dix-huit heures précises, vous devrez vous présenter dans le hall d'entrée où l'on vous remettra des badges nominatifs. Nous prendrons un verre, et je me présenterai en tant qu'Eugene O'Neill. Je présenterai chaque personnage et donnerai une courte biographie. Nous nous rendrons ensuite dans la salle à manger ; veuillez vous asseoir à la place qui vous est assignée et converser avec vos voisins de table en restant dans votre personnage autant que possible. Après le dîner, vous reviendrez ici, sous l'auvent qui aura été transformé en notre speakeasy des années 1920. Une fois à l'intérieur, vous ne serez pas autorisés à partir avant la fin de la soirée ; c'est-à-dire jusqu'à ce que le meurtrier ait été trouvé ! Sauf en cas d'urgence, bien sûr. Si une telle situation se présente, veuillez me voir moi ou ma sœur.

— L'auvent sera enchanté, pas de Voyage autorisé ! Des toilettes seront disponibles à l'intérieur. Des questions ?

Michael, un des amis de Tom, leva la main. — Y aura-t-il d'autres personnes dans le speakeasy avec nous ? demanda-t-il.

— Bonne question. Oui, il y aura du personnel et des artistes, mais ils ne feront pas partie de l'intrigue, répondit Aidan.

Clara leva la main. — Combien de temps durera l'intrigue ? demanda-t-elle.

— Cela dépend de vos talents de détective ! Je vous promets que ce ne sera pas trop difficile, mais il y aura un petit défi, répondit-il. Je ne prévois cependant pas que cela dure beaucoup au-delà de vingt-trois heures. L'intrigue devrait être résolue d'ici là, et le personnel ainsi que les artistes partiront. Si certains d'entre vous souhaitent prolonger la fête, c'est entièrement à votre discrétion, conclut-il.

Il n'y eut plus de questions. Il s'inclina et partit. Tout le monde applaudit et Tom revint au centre.

— Demain, nous aurons un brunch buffet installé ici sous le chapiteau de onze heures à treize heures. N'hésitez pas à faire la grasse matinée ! Pour les lève-tôt, vous trouverez du café, du thé et des en-cas variés dès sept heures. Si vous avez envie de vous promener, nous avons un joli sentier qui mène à la Manche juste derrière cette haie, dit-il en pointant une haute haie derrière lui. Sinon, vous pouvez vous asseoir au bord de la piscine ou dans le jardin. Nous avons de nombreuses chaises et bancs pour vous accueillir tous, poursuivit-il. Dans l'après-midi, nous irons à la Manche pour nager, faire du canoë, du kayak ou du pédalo, et simplement nous détendre. Ça vous va ? demanda-t-il, et tout le monde acclama.

— N'hésitez pas à me rejoindre à la piscine, dit-il en pointant dans la direction opposée. J'y serai dès que j'aurai eu une conversation privée avec ma copine, ajouta-t-il en marchant vers Lola. Il y eut des sifflements et des cris, et Lola vira à une nouvelle teinte de rouge qu'elle n'avait encore jamais arborée.

Voyant l'inconfort de son amie, Sara chassa tout le monde et bientôt ils se dispersèrent vers leurs chambres pour se changer pour la fête à la piscine. Lola articula silencieusement *Merci* et Sara partit bras dessus bras dessous avec Devlin.

Une fois seuls, Lola donna un coup de poing dans le bras de Tom. Il gémit et demanda pourquoi elle le frappait.

— Tu m'as mise dans l'embarras. J'étais mortifiée ! dit-elle avec consternation.

— Je suis désolé, Lola. Je voulais juste que tout le monde voie à quel point j'ai de la chance d'avoir une si belle petite amie, dit-il.

Lola le regarda et mit une main sur sa hanche. — Je ne me souviens pas avoir eu cette conversation, dit-elle.

— Quelle conversation ? demanda-t-il, innocemment.

— Celle où nous avons décidé que nous étions un couple, dit-elle, le regardant toujours avec suspicion.

— Eh bien, c'était évident, déclara-t-il, comme si cela aurait dû être une évidence.

— Je suis désolée. Je suis nouvelle dans tout ça. Quel indice ai-je manqué ? demanda-t-elle.

Tom sembla vraiment surpris. — On s'est embrassés. Sur les lèvres, avec la langue ! s'exclama-t-il. Tu es en train de me dire que tu vas embrasser avec la langue tous les garçons que tu rencontres ? demanda-t-il, clairement offensé maintenant. Lola sourit. *Il était nouveau dans tout ça aussi*, pensa-t-elle. Elle jeta ses bras autour de lui et le serra fort. — Tu m'as manqué, Tom O'Callahan, dit-elle avec un soupir.

— Voilà qui est mieux, répondit-il en l'enlaçant et en embrassant le sommet de sa tête. Mais j'attends toujours une réponse à cette question, lui rappela-t-il.

— Quelle question ? demanda-t-elle, blottissant son visage dans son cou.

— Est-ce que tu embrasses avec la langue tous les garçons que tu rencontres ? répéta-t-il.

Elle recula et le regarda droit dans les yeux. — Tu es le deuxième garçon que j'ai embrassé avec la langue et, honnêtement, j'espère que tu seras le dernier ! dit-elle sincèrement.

Un large sourire apparut sur son visage et il se pencha pour l'embrasser légèrement sur les lèvres. — Tu es ma première, Lola Evers et, honnêtement, j'espère que tu seras la dernière ! dit-il avant de l'embrasser à nouveau. Cette fois, il s'attarda. Il prit sa main et l'emmena vers l'un des bancs le long du chemin menant à la Manche. Il était sous un saule pleureur, ce qui leur offrait un peu d'intimité.

Une fois assis, Tom caressa son visage en le contemplant avec émerveillement. Il se rapprocha et embrassa sa joue, sa tempe, son front, puis redescendit de l'autre côté de son visage. Lola se sentit réchauffée et agrippa sa chemise pour l'attirer plus près. Ses lèvres touchèrent les siennes, d'abord timidement, puis elle appliqua plus de pression et leurs lèvres s'entrouvrirent. Le baiser s'approfondit et ils essayèrent maladroitement de se rapprocher tout en restant assis côte à côte sur le banc. Alors que le baiser devenait plus passionné, ils entendirent quelqu'un s'éclaircir la gorge à proximité et se séparèrent.

C'était l'oncle Aidan de Tom.

— Désolé d'interrompre, les enfants, mais je crois que tes invités t'attendent près de la piscine, Tom, dit-il avec un sourire à peine dissimulé.

— Oui, oncle Aidan. Merci de me le rappeler, dit-il en se levant et en prenant la main de Lola pour l'aider. Son oncle rit et se dirigea vers la Manche avec une serviette sur une épaule, un livre sous le bras et une bière à la main.

— Nous devrions aller nous changer et nous retrouver à la piscine, dit Tom. Je vais t'accompagner à ta chambre.

Ils entrèrent et Tom laissa Lola devant sa chambre avant d'aller dans la sienne pour se changer. Quand elle sortit, il l'attendait et ils allèrent ensemble à la piscine. Il lui parla de son voyage avec sa famille et du fait qu'Aidan emménageait avec eux pour les aider maintenant que son père n'était plus là.

Quand ils arrivèrent à la piscine, la musique s'arrêta et tout le monde cria : — Surprise ! puis commença à chanter Joyeux Anniversaire. Il y avait un énorme gâteau sur un chariot avec seize bougies et plein de cierges magiques. Tom fit un vœu et les souffla. Tout le monde applaudit et la musique reprit. La mère de Tom commença à couper le gâteau et en offrit des parts à ceux qui en voulaient. Ils s'amusèrent au bord de la piscine et jouèrent aux SUP Warriors, un jeu où chaque adversaire se tenait debout sur une planche de paddle et, avec des pagaies rembourrées, essayait de faire tomber l'autre de sa planche. La championne en titre était Tabitha, qui avait probablement beaucoup d'expérience.

Vers seize heures, la plupart des filles s'étaient enfuies dans leurs chambres pour se doucher, se changer et se préparer pour leurs rôles. Il n'y avait aucun intérêt pour les garçons à partir avant dix-sept heures puisque toutes les salles de bains seraient occupées par des femelles hystériques appliquant des couches de maquillage à travers un nuage de parfum et de laque.

CHAPITRE 29
SPEAKEASY

À dix-huit heures, tout le monde était costumé et dans son personnage. Ils se sont rassemblés dans le hall d'entrée où un photographe était présent pour prendre leurs photos avec différents décors installés dans la pièce. L'excitation était à son comble. Des serveurs circulaient avec des plateaux et servaient un punch au champagne et des hors-d'œuvre. Arabella et Aidan allaient voir chaque invité pour leur épingler leur badge, les complimentant sur leur coiffure, leur costume ou les accessoires qu'ils avaient choisis pour incarner leur personnage.

Le dîner dans la salle à manger fut somptueux. Tout le monde était assis à une longue table, neuf invités de chaque côté avec Arabella et Aidan à chaque extrémité. Une fois les présentations faites, le premier des six services fut servi et la pièce commença.

Lola était assise entre Salvador Dali, dont la moustache était parfaite, et Charles Lindbergh, arborant un authentique bonnet et des lunettes d'aviateur sur la tête. C'étaient deux beaux jeunes hommes qui avaient manifestement fait des recherches sur leurs personnages et étaient capables de mener des conversations passionnantes. Lola pensait qu'elle incarnait de manière convaincante Zelda Fitzgerald. Quand on lui posait une question à laquelle elle ne savait pas comment

185

répondre, elle se contentait de tirer sur son fume-cigarette et d'exhaler une fumée imaginaire en disant des choses comme : — Oh chéri, comme c'est peu intéressant, et en tournant la tête vers son autre voisin d'un mouvement du poignet. Cela provoquait des éclats de rire chez Clara et Lenora, assises de part et d'autre de ses compagnons.

Devlin s'amusait comme un fou en Albert Einstein, essayant d'expliquer la loi de l'effet photoélectrique, pour laquelle il avait obtenu son premier prix Nobel, à Coco Chanel, la première à avoir conçu des pantalons pour femmes, et Alice Paul, une célèbre militante féministe.

Pendant ce temps, Tom était plongé dans une conversation avec Ernest Hemingway et Walt Disney, bien que Lola ne puisse en entendre les détails.

Après le dernier service de dessert et de fruits secs, près de deux heures plus tard, on servit à chacun un verre de vin. Du vin doux pour les dames et du porto pour les messieurs. Arabella se leva et invita les dames à la suivre dans le salon pendant que les messieurs restaient dans la salle à manger pour fumer des cigares et discuter de sujets virils. Cette courte parenthèse ne dura pas plus de trente minutes, durant lesquelles les invités purent utiliser les toilettes ou retourner dans leurs chambres pour d'éventuels changements de garde-robe.

À vingt et une heures, les invités furent envoyés sous la tente blanche à l'extérieur. Les panneaux latéraux avaient été tirés pour fermer complètement l'espace. De l'extérieur, on n'entendait aucun bruit. Deux portiers, habillés comme des gangsters et tenant ce qui ressemblait à de vraies mitraillettes, accueillaient les invités. Il y avait une vraie porte. L'un des gangsters avait une liste, et l'autre tenait une clé qui ouvrait vraisemblablement la porte. Chaque invité devait donner son nom et était envoyé individuellement. Lola regarda ses amis nerveusement, incertaine.

— Allez-y, Zelda ! Vous êtes une flapper, vous pouvez le faire ! dit Al Capone alias Colin.

Lola passa la porte et fut instantanément transportée dans un Speakeasy clandestin. Il était difficile de dire si le passage par la porte avait conduit à un autre endroit ou si la tente avait été enchantée. Dans tous les cas, c'était un tout nouveau monde.

La pièce mesurait environ cinq mètres de large sur dix mètres de long, et semblait se trouver dans une cave souterraine quelque peu humide. Avec ses plafonds bas, ses murs de briques apparentes couverts de photographies en noir et blanc des invités de ce soir, et un bar à deux places au fond, l'élément le plus impressionnant était l'ensemble de jazz de cinq musiciens à l'avant de la pièce et les quatre alcôves en forme de croissant positionnées de manière à ce que tout le monde puisse voir le groupe tout en observant les autres clients. L'espace central offrait suffisamment de place pour danser.

Il n'y avait pas de fenêtres ni de sorties de secours visibles. De chaque côté du bar se trouvaient deux portes marquées *Gents* et *Dolls*. Lola était sur le point de faire demi-tour, mais la porte par laquelle elle était entrée n'était plus là. Les vingt invités étaient dans le Speakeasy et prenaient place dans les alcôves. F. Scott Fitzgerald lui faisait signe avec un sourire. Lola prit une profonde inspiration et se rappela que c'était une fête. C'était censé être amusant.

Lorsque le morceau du groupe se termina, tout le monde applaudit et Josephine Baker monta sur scène. Elle appela l'un des invités, Duke Ellington, à la rejoindre et ils dansèrent pendant que le groupe jouait. Bientôt, d'autres couples les rejoignirent et Tom pressait Lola de venir sur la piste de danse. Elle résista d'abord, puis se souvint avec quelle assurance il l'avait guidée auparavant et le laissa l'entraîner sur la piste. C'était de loin beaucoup plus facile à faire, et bientôt Lola s'amusait. Josephine et Duke montrèrent comment faire le Foxtrot, le Charleston et la Samba brésilienne, et les invités suivirent avec entrain.

Des serveuses habillées en danseuses de revue portaient des plateaux avec des sangles autour du cou et apportaient des rafraîchissements aux tables. On servait effectivement des Sidecars et des Gin Rickeys, bien que Lola n'ait pas entendu parler de Bee's Knees disponibles. Quand elle demanda un verre d'eau gazeuse, on le lui servit avec de la glace et du whisky et on l'appelait un Highball. Elle décida de s'en tenir au Sidecar, qui était délicieux bien que corsé.

À un moment donné, elle dansa avec Aidan et lui demanda s'il était possible d'avoir une boisson sans alcool.

— Bien sûr, demande juste une Prohibition Daisy, lui dit-il à l'oreille.

— Qu'est-ce qu'il y a dedans ? demanda-t-elle avec suspicion.

— C'est essentiellement un smoothie aux fruits. Ananas, orange, framboise et jus de citron vert, expliqua-t-il avant de la ramener à sa table quand la chanson fut terminée.

Lola le commanda et la serveuse ne sourcilla pas. Quand la boisson arriva, elle la renifla mais ne put dire s'il y avait de l'alcool dedans. Elle ne put pas non plus le dire après l'avoir goûtée, mais c'était divin et elle avait soif. Elle sirotait joyeusement son mocktail en tapant du pied au rythme de la musique quand les lumières s'éteignirent ; les musiciens hésitèrent mais continuèrent à jouer. Quelqu'un alluma une lanterne à une autre table. Il y eut un cri à glacer le sang et la musique s'arrêta. Lola agrippa la personne à côté d'elle ; espérant que c'était Tom ou Devlin. Puis elle se souvint que l'un d'eux pouvait être le meurtrier, mais elle n'était pas la victime et ce n'était qu'un jeu. Elle se détendit un peu.

Les lumières revinrent et tout le monde se mit à parler en même temps, cherchant partout la victime et demandant qui avait crié.

La victime était étalée au milieu de la piste de danse. C'était Louise Brooks, ses cheveux auburn formant un éventail autour de son visage.

— Que personne ne la touche ! cria Eugene O'Neill, alias l'oncle de Tom, qui demanda à tout le monde de reculer un peu et de le laisser passer.

En s'approchant de la victime, il jeta un regard suspicieux à Ernest Hemingway. Il dansait avec Louise quelques instants auparavant.

— Ce n'était pas moi, je le jure ! s'écria-t-il, la main en l'air et secouant la tête avec détresse. Il était convaincant dans son rôle.

Eugene sortit un morceau de craie de sa poche et traça le contour du corps, puis dessina un cercle autour. Ensuite, il invita tout le monde à observer attentivement Louise pour repérer des indices ou des preuves. Ils avaient cinq minutes.

Les deux barmen apportèrent une chaise longue et la placèrent devant l'orchestre. Louise, alias Lenora, fut soulevée et déposée sur la chaise longue où elle resterait jusqu'à ce que son meurtrier soit trouvé.

On lui avait dit qu'elle n'avait pas besoin de rester comme un cadavre pour le reste de la soirée. Au contraire, une fois que les invités l'auraient examinée visuellement, elle pourrait ouvrir les yeux et s'allonger à son aise.

L'orchestre commença à jouer des morceaux de jazz lent en arrière-plan. Les invités retournèrent à leurs places et reçurent un stylo et du papier. Ils étaient autorisés à discuter du meurtre avec les personnes à leur table. Ils mirent en commun leur liste d'indices et de preuves. Ensuite, ils cherchèrent le mobile et l'opportunité. Enfin, ils dressèrent une liste de trois suspects potentiels. Chaque table, ou équipe, pouvait présenter un suspect à la fois. Après que les quatre tables eurent présenté leurs premiers suspects, Arabella leur dit si quelqu'un avait trouvé juste. Après le premier tour, ils cherchaient encore. Les listes de suspects furent modifiées après le premier tour et des indices supplémentaires furent ajoutés.

Après le deuxième tour de suspects, ils n'avaient toujours pas trouvé le tueur. Les gens étaient perplexes. Eugene suggéra que deux personnes de chaque table se déplacent vers une autre table pour former de nouvelles équipes. Lorsque le dernier tour de suspects fut présenté, ils eurent un gagnant. Le tueur était Charles Lindbergh, et le mobile avait été aussi simple que possible, Louise l'avait rejeté et s'était moquée de ses avances.

Tout le monde applaudit. Arabella présenta les membres de l'orchestre, qui s'inclinèrent et jouèrent une dernière chanson. Les serveuses sortirent également pour saluer et quittèrent par une porte qui n'était pas là quelques minutes auparavant. Les barmen furent présentés et applaudis, mais un seul d'entre eux partit, suivi par les membres de l'orchestre. Lorsqu'il sortit une carte de visite de la poche de son gilet, une copie apparut également dans la main de chacun. On pouvait y lire : Ivan Lazarus - Illusionniste.

D'un claquement de doigts, il disparut, et le Speakeasy avec lui. Ils se retrouvèrent tous debout à l'intérieur de la tente blanche, assis aux mêmes tables et chaises qu'ils avaient utilisées pour le déjeuner.

Les invités arboraient des expressions identiques d'étonnement. Il fallut une minute à tout le monde pour réagir, puis ils se mirent tous à parler en même temps. Certains applaudissaient, d'autres poussaient des cris de joie, et d'autres encore étaient trop stupéfaits pour dire grand-chose. Lola faisait partie de ceux qui restaient assis, regardant autour d'elle avec un choc total.

— C'était ÉPIQUE ! cria Colin en faisant un high-five à Tom. Tu t'es surpassé !

Les gars se pressèrent autour de Tom, le félicitant pour cette fête incroyable et lui donnant des tapes dans le dos.

Arabella réclama l'attention de tous. Elle et Aidan allaient dire quelques mots avant de se retirer pour la soirée, mais les jeunes applaudissaient et criaient leur appréciation, et il fallut un moment pour les calmer.

— Je vous en prie, répondit Arabella. Mes remerciements vont à mon frère, car sans son génie et ses contacts, nous n'aurions pas pu réaliser tout cela, dit-elle en lui souriant. Les adolescents applaudirent une fois de plus.

— Vous avez été une merveilleuse distribution et j'ai passé un excellent moment. Vous avez la carte d'Ivan si vous souhaitez organiser une fête avec lui. J'ai tellement apprécié que j'envisagerais de recommencer à l'avenir. Avec un thème différent, bien sûr !

Ils dirent bonne nuit et laissèrent Tom et ses invités continuer la fête sans eux. Il était onze heures pile. Un timing impeccable.

CHAPITRE 30
IMMOBILITÉ

— Le problème quand on est du matin, c'est qu'à onze heures du soir, on est épuisé, dit Lola à Tom après qu'il l'ait surprise en train d'essayer de s'éclipser de la tente. J'ai bu un verre de punch au champagne avant le dîner, un verre de vin doux pendant le repas, et un sidecar dans le speakeasy. Je suis fatiguée et j'ai la tête qui tourne, ajouta-t-elle en s'agrippant à l'avant-bras de Tom.

Il hocha la tête et l'aida à sortir de la tente où l'air frais de Cork eut des effets merveilleusement revigorants. Elle inspira profondément et ses épaules se détendirent. Elle réalisa qu'elle avait été sur les nerfs toute la soirée, inquiète de ne pas pouvoir sortir en cas d'urgence.

— Je crois que je suis un peu claustrophobe, admit-elle. Aussi incroyable que fût la soirée, je suis contente d'être sortie de cette cave et de la tente. Tu veux bien marcher un peu avec moi avant que j'aille me coucher ?

Il lui offrit son bras et ils se promenèrent sur le chemin menant au Channel. En y arrivant, Lola fut surprise de constater qu'ils devaient traverser une route pour atteindre le Channel. Elle s'attendait à une terrasse ou une plage surplombant le lac. Il faisait sombre et ils ne voyaient pas grand-chose, alors ils rebroussèrent chemin, main dans la main.

En approchant de la maison, Tom lui demanda si elle se sentait mieux ou si elle avait besoin de quelque chose.

— Oui, je me sens mieux. Rien qu'une bonne nuit de sommeil ne puisse guérir. Je vais boire un grand verre d'eau et aller directement au lit. Heureusement que tu as pensé à ajouter des bouchons d'oreilles à ta liste de choses à apporter ; je suis presque sûre que les filles feront assez de vacarme pour réveiller les morts quand elles reviendront de la fête, dit-elle en riant.

Il ouvrit les bras et elle s'y blottit avec reconnaissance. Ils restèrent enlacés un long moment jusqu'à ce qu'ils entendent quelqu'un se racler la gorge derrière eux.

— Désolée d'interrompre, dit Sara, gênée. Mais vous êtes devant notre porte, expliqua-t-elle.

Lola et Tom s'écartèrent et s'embrassèrent légèrement sur les lèvres. — Bonne nuit, dit Lola.

— Fais de beaux rêves, répondit Tom en s'écartant pour laisser passer Sara. C'est alors qu'ils remarquèrent Devlin adossé au mur derrière eux. Lui et Sara s'étaient déjà dit bonne nuit dehors et Devlin l'avait raccompagnée jusqu'à sa porte. Il sourit et attrapa Tom par le bras pour le ramener à la fête.

Lola et Sara se préparèrent pour aller au lit. Elles avaient choisi de dormir dans le même lit superposé, pensant qu'elles seraient moins susceptibles d'être dérangées par Clara et Lenora quand elles rentreraient. Qui savait à quelle heure elles reviendraient. Sara avait réclamé le lit du haut. Cela convenait à Lola. Elle préférait celui du bas. Elle prit une couverture supplémentaire et en coinça les bords sous le matelas du haut, la laissant pendre autour de son lit comme des rideaux. Elle détestait l'idée que les gens la regardent dormir. À l'Académie, elles avaient la bibliothèque entre elles qui servait de mur, et pas une seule fois Sara ne s'était levée avant elle ou couchée après elle. Elle se sentait plus en sécurité dans son petit cocon. Elle souhaita bonne nuit à Sara, mit ses bouchons d'oreilles et s'installa dans le lit étranger. Elle était fatiguée et peut-être un peu ivre, alors elle s'endormit rapidement.

ELLE SE RÉVEILLA dans la nuit, incapable de dire ce qui l'avait tirée du sommeil. Il faisait encore nuit, ce n'était pas encore le matin. Elle vérifia son téléphone ; il était trois heures et demie. Elle souleva son rideau de couverture et jeta un œil à l'autre lit superposé pour voir Clara et Lenora profondément endormies. Sortant la tête, elle regarda en haut et confirma que Sara était toujours au lit. Elle attrapa sa bouteille d'eau, but une longue gorgée et se recoucha sur son oreiller, mais le sommeil la fuyait. Elle retira ses bouchons d'oreilles et les plaça sous l'oreiller, décidant d'aller aux toilettes puisqu'elle était réveillée. Elle s'assit et sortit les pieds de son cocon pour les glisser dans ses pantoufles. Sa tête et son corps suivirent et en se levant, quelque chose tomba par terre. Ce n'était pas son téléphone puisqu'elle le tenait. En éclairant le sol avec l'écran, Lola se figea. C'était une lettre de Voyage avec son nom dessus. Elle la ramassa, sortit sur la pointe des pieds dans le couloir et se dirigea vers la salle de bain. Une fois à l'intérieur, elle alluma la lumière et verrouilla la porte. La lettre avait été pliée comme d'habitude, mais un sceau de cire maintenait les plis ensemble. Il était frappé du sceau des Evers. Elle brisa le sceau et déplia la lettre.

Au centre du papier se trouvaient trois mots écrits d'une main que Lola avait déjà vue.

Rentre à la maison. Immédiatement.

Lola vérifia les deux côtés du papier. C'est tout ce qui était écrit. Mais c'était clair. Simon avait répondu et il voulait qu'elle rentre à la maison, maintenant. Elle devait prévenir Devlin. Mais elle ne voulait pas réveiller toute la chambre, encore moins toute la maison. Elle prit une profonde inspiration et ferma les yeux. Elle ralentit sa respiration et vida son esprit. Ce n'était pas facile.

Devlin ! pensa-t-elle. *Devlin, réveille-toi !* essaya-t-elle à nouveau. Elle attendit une longue minute. Puis, elle essaya de crier dans son esprit en espérant ne pas avoir crié à voix haute. *Devlin, réveille-toi. C'est une urgence !*

Elle l'entendit marmonner « *Quoi ?* » de l'autre côté du mur de la salle de bain et ajouta rapidement, *Chut. C'est Lola, dans ta tête. Je suis dans la salle de bain d'à côté, viens me rejoindre.*

Elle l'entendit se cogner la tête et jurer. *Je suppose qu'il dormait aussi dans le lit du bas*, pensa-t-elle. Elle entendit des bruits de pas puis un léger coup à la porte de la salle de bain. Elle déverrouilla, ouvrit la porte, vérifia le couloir, et la referma derrière lui. Il tenait aussi une lettre de Voyage. Voyant qu'elle en avait une aussi, et que la sienne était ouverte, il brisa le sceau et ouvrit sa lettre. Elle était identique à la sienne.

— C'est Papa. Il est rentré, dit Lola. On devrait y aller. Maintenant, chuchota-t-elle rapidement.

— Tu es sûre ? demanda-t-il. Tu as déjà vu ce sceau avant ? s'enquit-il.

— C'est le logo de notre famille, répondit-elle.

— Mais je n'ai jamais vu Phyllis l'utiliser, répliqua Devlin. C'est le milieu de la nuit. Sûrement, cela aurait pu attendre jusqu'au matin, dit-il d'un ton suspicieux.

— Peut-être pensait-il que nous ne verrions les lettres que le matin, dit Lola.

— Nous avons deux options, répondit Devlin. Nous pouvons envoyer une de ces lettres à Phyllis et voir ce qu'elle répond, commença-t-il. Ou lui envoyer un message texte, ajouta-t-il. Dans tous les cas, si c'est une urgence, elle sera debout et répondra immédiatement, conclut-il.

— Et si elle ne répond pas, alors ce n'est pas une urgence. Nous retournerons nous coucher et l'appellerons le matin, dit Lola.

— D'accord, dit Devlin.

— Je préfère l'idée de la lettre, mais je n'ai pas de stylo, dit Lola avec une expression peinée.

— Oh, moi non plus, répondit Devlin. Je suppose que nous devrons envoyer un message texte alors, dit-il.

Lola sortit son téléphone et prit une photo de la lettre et du sceau brisé et les envoya au téléphone de Phyllis avec le message suivant :

Phyllis ! Devlin et moi venons de recevoir ça. C'est légitime ? Toi ou Papa l'avez envoyé ?

Ils attendirent. Et attendirent. Puis son téléphone vibra avec une réponse.

Votre père l'a envoyé. Rentrez à la maison.

La salle de bain semblait un peu étroite pour ouvrir une porte de Voyage à l'intérieur. Ils ouvrirent la porte, éteignirent la lumière et se faufilèrent dans le couloir jusqu'à une sorte de salon. Il était vide. Lola sortit sa clé, ouvrit la porte et entra dans le couloir supérieur, Devlin juste derrière elle. Ils marchèrent jusqu'à la chambre de Phyllis et frappèrent. Il n'y eut pas de réponse. Ils essayèrent la poignée et elle tourna. La pièce était sombre.

— Phyllis ? demanda Lola, sa main cherchant l'interrupteur. Quand les lumières s'allumèrent, elle entendit Devlin haleter. Lola se tourna pour regarder là où Devlin regardait. Il y avait quelqu'un dans la pièce. Ce n'était ni Phyllis ni Simon. L'homme était assis à la coiffeuse de Phyllis, fouillant distraitement dans ses affaires.

— Qu'avez-vous fait de Phyllis ? cria Lola, faisant un pas en colère vers l'homme.

Devlin lui saisit le bras pour la retenir. Il avait remarqué quelque chose que Lola n'avait pas vu. L'homme avait une arme.

— Votre tante n'est pas à la maison. Personne n'est à la maison. J'ai eu le temps de fouiller le Manoir de fond en comble, mais je crains de n'avoir pas trouvé ce que je cherchais. Mais j'ai trouvé cette bague dans le bureau de votre père, dit-il en leur montrant la bague en or avec le blason familial. C'était facile d'imiter l'écriture de votre père à partir de ses carnets, et votre tante devrait vraiment verrouiller l'écran de son téléphone, dit-il en sortant le téléphone de Phyllis de sa poche.

— Qui êtes-vous ? Que voulez-vous ? demanda Devlin, gardant un bras protecteur autour de sa sœur et se demandant comment il pourrait les sortir de là. L'homme tenait une arme. Il n'y avait aucun moyen qu'ils puissent atteindre leurs clés sous leurs chemises assez rapidement.

— Je pense que vous savez ce que je veux. La montre et la bille, s'il vous plaît, dit-il en agitant l'arme vers eux.

Fin

195

Si vous avez apprécié ce livre, merci de laisser un avis sur Amazon ou Goodreads. Les avis m'aident à atteindre de nouveaux lecteurs.

Lisez Le voyageur des mondes, le prochain livre de *La série Evers* !

Rejoignez ma Newsletter pour des mises à jour sur mes écrits, des promotions et des cadeaux !

À PROPOS DE L'AUTEURE

Des histoires positives et inspirantes.

Marie-Hélène vit à Sherbrooke, au Québec. Enseignante à la retraite, elle consacre désormais ses journées à l'écriture et à la promotion de ses oeuvres. Elle aime lire, voyager et aller à la plage. Chaque année, elle part un mois en solo vers une nouvelle partie du monde.
www.mhlebeault.com

Suivez-la sur les réseaux sociaux !

facebook.com/mhlebeaultauthor

x.com/mhlebeault

instagram.com/mhlebeault

amazon.com/author/mhlebeault

bookbub.com/authors/marie-helene-lebeault

goodreads.com/mhlebeault

linkedin.com/in/mhlebeault

tiktok.com/@mhlebeaultauthor

Autres livres de l'auteure

La série Evers - Littérature jeunesse fantastique

La clé des ancêtres

L'académie

La marcheuse du temps

Le voyageur des mondes

Magie de sang - Littérature jeunesse fantastique

Mage de sang

Magie de sang

Héritage de sang

Il était une malédiction - Romance fantastique

Une malédiction de neige et de cendres

Une malédiction d'épines et de torpeur

Une malédiction de verre et d'ombres

Une malédiction d'argent et de blessures

Hors série

Les douze vies de Clare - Réalisme magique

Utopie - Science fiction

Chroniques des cadets interstellaires - Science fiction

Frisson nocturenes - Horreur léger

Défenseurs du Royaume - Littérature jeunesse fantastique

Le combat de la flamme sacrée (Gratuit)

Traduction des 11 tomes prévue pour 2026

<u>Université du Pôle Nord</u> - Romance Paranormale

Métamorphes de Noël

Cœur de givre

Baiser de lumière

Maléfice d'hiver

Regard de feu

Fée grand-mère - Albums jeunesse pour les 3 à 7 ans

Mimi visite l'Antarctique

Mimi visite le Pôle Nord

Mimi visite la Chine

Mimi visite l'Afrique